三十一

陶晶瑩 著

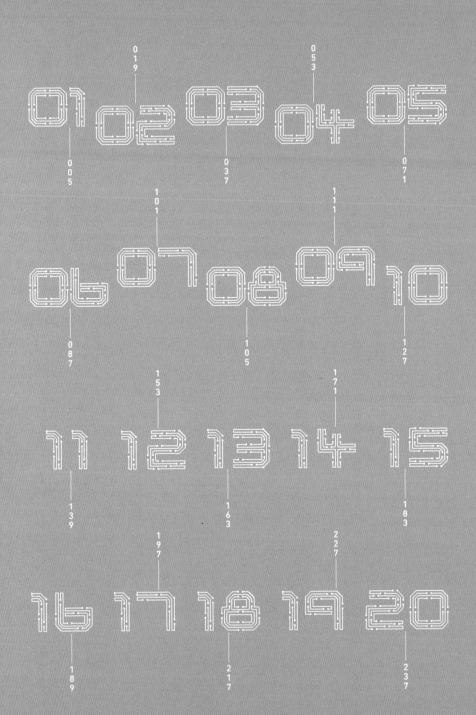

01

019

005

02

03

053

04

037

05

071

101

111

06

07

08

09

10

087

105

127

153

171

11

12

13

14

15

139

163

183

197

227

16

17

18

19

20

189

217

237

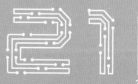

第01章

　　可欣起床，才睜開眼就聽見那個溫柔的聲音說早安。腦中什麼都還沒想，就已經知道了今天的溫溼度和空氣汙染程度。

　　她走向廚房，烤麵包機和微波爐早已像個忠心的僕人開始忙碌，洗衣機發出剩下三分鐘就洗好的提醒聲，冰箱的螢幕上顯示應該要補充肉類和蔬菜，「冰管家」還不忘叮嚀：「上次買的有機雞蛋並不合格，請換一家購買。」可欣笑了出來，什麼都瞞不過這些智慧家電。

　　回想起這幾年科技的突飛猛進。二十一世紀的主婦生活，跟上一輩媽媽們比起來真的輕鬆太多。不用自己注意存糧、配菜，更不需自己上市場，打掃整理也變成機器管家的任務，一切勞務煙消雲散，早上只需要煩惱該按一杯什麼樣的咖啡、配上烤幾秒的吐司，哇！好大的煩惱！

　　孩子們的功課也是由智慧型家教負責，連過去丟三落四的書包或是忘了的便當袋，只要一經過門口掃描，立刻會發出警告聲，並說出你在預先設定裡應該要帶的東西……這一切真的太美好了，親子衝突變少了，再也不會為

了教孩子功課而爭得面紅耳赤，再也不必擔心孩子忘了帶的文具得趕在第幾堂課前送到，那些慌裡慌張的日子，那些嘟嘴賭氣的小臉蛋，都越來越遙遠。

突然，老媽子搖身一變，變成了隨心所欲的重生新女性。有大把的時間可以揮霍，也彷彿拾回了青春。

隔壁的林太太成立了讀書會，吳太太和學校的幾個媽媽們又學跳舞又學插花，當然，也有人不停地吃喝玩樂，整天開趴喝醉。

可欣和其他太太一樣，一開始面對空出來的時間既興奮又焦慮，一下子就把白天家人不在的整天填滿。又學zumba又學鋼琴插花茶道，貪婪地享受那些曾經被拋棄的夢想。但每天都不在家，久了也會有點罪惡感，於是，主婦們的興頭一過，學才藝的變少，約吃飯下午茶的反而是常態。

一天，太太們約在社區旁新開的貴婦百貨，大家早已雀躍地列好清單，張太想要到一家法國有機護膚店，吳太想要體驗一家義大利高級訂製服的AI店員智慧型服務，

林太想要去看看裡面的外文書店，而可欣就只是去湊個熱鬧。

　　太太們踏進一樓，簡單地填了些電子問卷後就領到了一副眼鏡。戴上它，鏡片上出現了客製化的地圖。每個人被帶往不同的路線，前往自己最想探索的專櫃。眼鏡除了導航，還可以預約排隊，替顧客節省不必要的等待。它甚至能偵測出佩戴者的體溫、心跳，然後隨時提出建議：左前方是南極礦泉水，您好像口渴了；右前方的品牌設計風格也是您喜歡的大膽多彩的野獸派，雖然不在您的清單裡，或許可以逛逛；您的心跳加快了，是否決定購買這條項鍊？

　　像夢一樣。

　　每個女人各自沉醉在自己的購物狂想裡，享受各種炫目的新商品，也享受著尊榮般的禮遇。

　　張太很快地被法國護膚用品擄獲，在店員包圍下，她的腳邊已經多了好幾袋戰利品；吳太喜歡死了那位叫Paul的P113型服務機器人，不出一分鐘，這個外表帥氣的義大

利金髮碧眼高挑帥哥就摸透了她的喜好和三圍，巧妙地將吳太的身材利用設計和版型「截長補短」「隱惡揚善」，可以說完全是吳太相見恨晚的前世知己閨密手帕交。他後來還在吳太的耳邊不知說了什麼，讓她嬌羞地捶了他一拳：「討厭啦，壞死了你～～」接著居然在Paul的臉上親了一下！可欣愣住，吳太看見她的表情更是笑得樂不可支，急忙跑過來跟可欣耳語：「我跟妳說啊，Paul真的太完美了，他太知道我要什麼，唯一的缺點就是這一型的機器人臉上矽膠味有點重！」說完又自己浪笑開了。

是啊，這些滿街都是的完美知己，唯一缺陷便是沒有靈魂，看著你的雙眼有些空洞，其他都還行。

可欣開始感到無聊了，就在她垂下頭時，眼鏡發出了提醒聲：「美女，妳是不是勾選了其他這個選項？」可欣嚇了一跳，急忙回答說是，眼鏡說：「那您喜歡運動、閱讀，或者是AI？」

可欣覺得有點不好意思，在周遭朋友們的瘋狂購物嘉年華裡，自己顯得有點冷靜得格格不入，雖然不是故意

的，但卻彷彿掃了大家的興。

「美女，妳要選什麼呢？」可欣猶豫了起來，因為她也不知道自己為什麼意興闌珊，眼鏡似乎察覺到她的為難，但是仍然非常專業地提供了一個特別的選項：「這樣吧，我帶妳去一個通常我們不太推薦的地方，因為那裡不歡迎我們，哦我是說，不歡迎我們這種『人』。妳想去看看『時光雲』嗎？」

時光雲？還不等可欣問，眼鏡便顯示了路線圖，她循著指標一路往上，好好俯瞰了這座購物天堂，女人們淪陷，男人們和孩子們都被安排在不同的休憩區域，有電影播放和遊戲電玩還有茶酒點心，從此陪伴逛街不再是苦事。

可欣到達了第九樓，這個商場的最頂層，再往上便是屋頂：一個漂亮的弧形玻璃屋頂。陽光灑下來，經由不同角度的折射，竟然在空中出現了像是極光的淡藍淡綠色，混合著太陽的金光，使得第九層樓看起來不像在地球，反而像仙界，或者說是，地球上人跡罕至的奇景。

　　一到達第九層，眼鏡便顯示出一個閃亮的區域，然後告訴可欣：「美女，就在前面了，我先暫時離開妳一下下喔～～」耍完可愛，AI眼鏡就下線了。

　　可欣好奇地往時光雲走去，她感受到一種奇異的寧靜氣氛。或許是因為沒有人頭攢動、沒有此起彼落的AI機器人拉攏客人的話術、沒有賣場對客人的監視和分析（真的沒有嗎？）可欣覺得鬆了一口氣。她聞到一股咖啡香，不可思議地，一張原木大桌上居然有人在用最原始的玻璃壺做手沖咖啡！可欣不敢相信自己的眼睛！她先是忘情地撫摸那張原木大桌，然後大口貪婪地吸進那空氣中最奢侈的氣味——與其說是咖啡香，不如說是人的氣味！

　　「小姐，請問妳需要咖啡嗎？或是妳要站在這裡一直摸桌子？」可欣突然意識到自己的小小失態，有點不好意思。煮咖啡的女服務生推了推眼鏡：「咖啡一杯要五十元，但是摸桌子免費招待喔！」語畢，兩個人都笑開來。

　　「我叫皓雲，請問怎麼稱呼您？」

　　可欣趕緊自我介紹，兩個人就這麼邊喝咖啡邊聊天了

起來。

可欣好奇地問皓雲：「這裡好特別，說不上來，就是有一種……」

「有一種熟悉的感覺？」皓雲接話。

「嗯，好像回到某種時光……」

「那麼，如果妳不介意的話，我猜妳應該是八、九○年代出生的吧？」皓雲小心翼翼地接話。

可欣嚇了一跳，防衛地說：「妳看過我的資料了？」對方指了指牆上的告示：「這裡是七○～九○年代的展示空間，請配合勿使用任何AI。」

原來如此。

皓雲微笑地告訴可欣：「妳先好好逛逛吧，送妳一杯咖啡。」

回過神來的可欣捧著咖啡，謝過皓雲，便走進了時光雲。

空氣中現在不只有咖啡香，可欣彷彿回到了自己的學生時代，她聽見了一首歌：

也算是奇蹟

從不曾想起

我倆過去點點滴滴

天啊，這是九〇年代最獨特的搖滾女聲蘇芮的歌，但她十分好奇的是，這首歌並不算是蘇芮最紅的主打歌，卻是她的最愛歌單，沒想到居然在這裡聽到。

愛不像傳說般美麗

愛不像童話般神奇

愛就是平淡無奇

愛就是分分離離

可欣沉醉地跟著哼了起來，她懷念這種真人的聲音，而且還是由黑膠唱片悠悠地播放，那真實的感受，還有唱針偶爾與唱片摩擦發出的呲呲嚓嚓聲，是現下那些合成音樂和虛擬人聲無法比擬的。

　　可欣想起自己在國中時，必須天天坐一個半小時的公車上學，沿線的每隔幾站都是學校，所以上上下下的學生擠成一團。大部分的時間裡，幾乎沒有呼吸的空間，陌生人的四肢交纏，有時候背貼著背，有時候尷尬地呈現互相擁抱的奇異姿態。有一次，可欣居然在一陣推擠拉扯中搶到了一個座位，空氣突然清新了起來，疲憊的書包也終於能在大腿上靜靜地躺著，她扭開頭將視線投向窗外，尋找一方開闊的天地，公車因為紅燈停了下來，正好在一家唱片行門口，櫥窗裡貼著一張黑白海報，一個短髮女子的側臉，寫著簡單的兩個字，蘇芮。

　　一開始，她差點把那個名字唸成「丙」，後來她才知道，那個字是一種草初生的樣子，小巧玲瓏，形容女孩骨子裡透出的可愛，更有勇敢面對逆境的含義。

　　唱片行用力地播放那首世界名曲〈一樣的月光〉，高亢有穿透力的搖滾女聲喚醒了她在擁擠公車中疲憊不堪的身心，什麼遲到啊升學壓力啊統統不見了，可欣第一次感到偌大的世界裡，她應該有更多的選擇。然後，綠燈亮

起，唱片行消失在眼前，但那歌聲久久縈繞不去。

可欣失神地想著過往，時光雲裡的綠色檯燈、木質書桌、家用轉盤式電話、保溫熱水壺、傳統電鍋、腳踏車、卡匣式錄音機，讓她好像回到了她的房間、她的過往、她的青春期。

她想起自己當時是如何在公車上巧遇海寧，然後又很有緣分地考進同一所大學……

海寧當時帥氣的修長身影，迷死了多少女同學。而可欣自己，則是一個充滿好奇心，衝勁十足如火車頭的意見領袖。

她在大學時期是校刊社總編，又是熱音社社長，還主辦了許多校際活動。整個大學生活她都是日以繼夜地讀書，夜以繼日地在每個社團間穿梭，忙碌又知足。她彷彿是隻快樂的小鳥，飛往無垠的天空不停地探索，生命藏了無數寶藏，而她充滿了挖掘的動力。

可欣曾經在一場國際學生交流中大放異彩。

　　那是一場來自十個不同國家的大學生高峰會，各校精銳盡出，就環保、國際社會情勢、國際關係、各國文化與藝術做出了極精采的討論。當然，也有輕鬆的才藝表演觀摩。可欣穿梭在各講座中，一下主持，一下是中國文學報告，一下又是熱音社的主唱表演，獲得了不少掌聲和關注。當時美國和英國兩校的代表，都對可欣展開了熱烈的追求。大家都在猜，是美國熱情的Mike，還是英國酷酷的Nicolas會贏得她的芳心？

　　最後，在歡送演唱會上，可欣唱完最後安可曲時，海寧帶著一束紅玫瑰上臺宣誓主權，高調告白。

　　「女王，妳願意給我一個機會嗎？」

　　全校歡聲雷動地鼓譟，美英雙方代表知難而退。

　　他們倆從那個夜晚後就成了知名的校對，學校裡處處有他們愛的足跡，圖書館、系辦前的樓梯、學校餐廳，不是你陪我就是我等你，羨煞了多少同學。

　　可欣想起了海寧曾經為她在校園盛開的杜鵑花海前拍照，她笑得很甜，那時的日子沒有半點憂愁，每天一睜開

眼都有好多快樂的事。那張照片又因為加了柔焦鏡，紅紅白白的杜鵑花更多了一份朦朧感，被環繞著的可欣就像活在雲端，輕飄飄地，如夢似幻。想著想著，可欣嘴角微微上揚……

啊！幾點了？可欣想起可能已經下班的海寧和孩子，急忙趕回家。

在長桌的另一頭，一直喝著咖啡、看著書的，是她的鄰居林太，她走向櫃檯，對著皓雲：「妳怎麼在這裡？」

第02章

　　可欣到家的時候，海寧和孩子們也都剛剛回來，雖然已經不用張羅晚餐，但她還是不想錯過那一進門的擁抱時間。即使擁抱越來越短，也越來越敷衍。

　　兒子先衝上來抱了一下可欣，然後邊大叫「快點上線」就匆匆離開，女兒面無表情地例行公事抱了一下就去打開電腦，海寧排第三個幾乎要撞到女兒，匆匆在可欣臉上親了一下便戴上VR眼罩，然後，他們三個就離開了。

　　所謂的離開就是，人在心不在。

　　老公和兒子沉迷在線上遊戲，女兒神祕地不斷更新密碼，流連在社群網站，然後，客廳裡就只有他們偶爾傳出的尖叫聲和咒罵聲，可欣就這麼被晾在一旁，看著她那些熟悉又陌生的家人。

　　可欣也不是全然不愛這些科技產品，畢竟，自己大部分的家務都被機器或AI代勞，生活的確方便了不少，個人時間也多了起來。但是家人的喜好各有不同，分別栽進不同的虛擬世界，一去不回頭。

　　漸漸地，沒有了共同的話題、沒有互動、沒有晚餐時

間分享一天的生活，更沒有心事的交流、眼神的接觸。

　　過去家人們出門上班上課，可欣都會在門口一一擁抱他們，左臉親一下、右臉親一下，然後說聲：「媽媽愛你！祝福你今天開心。」而對海寧，可欣會用力地擁抱他，然後深吸一口他的氣息，說：「希望你今天好好的。」是一個愛的儀式，也是一個開啟美好一天的習慣。

　　後來，孩子們趕著上課，漸漸對親吻擁抱不耐煩，自然而然便省略了這個動作。

　　可欣在一次積怨已久的大爆發後訂下了家庭規範，希望大家至少回到家要打聲招呼或擁抱，雖然那次規範的更多，像是全家人每天一定要在飯桌上一起吃晚餐聊天一個小時——後來變成半個小時的心不在焉，或是孩子說今天有小組報告要上線討論，又或者老公要加班趕不回來吃晚餐等等各種藉口給莫名取消——可欣已經習慣了被忽略、被呼攏、被消失。

　　她曾經嘗試找樂子，試著追劇。

　　什麼愛情偶像劇、宮鬥劇、歷史劇、懸疑劇，日夜顛

倒不停地追，那些濃烈的愛恨情仇啊爾虞我詐的，確實可以調味生活中的平淡，但是眼睛越追越酸，而且老是坐著一動也不動，筋骨都要生鏽了。

可欣結束追劇時，海寧很緊張地替她找過下一個打發時間的興趣，與其說是為了可欣，不如說是為了他自己。因為海寧知道，只要可欣有事做，他和孩子就可以放心大膽地玩任何他們想玩的。

於是，可欣試過 VR 釣魚、健身、球類對戰、跳舞，一開始是挺好玩的，但後來她發現自己只是在客廳中央戴著眼罩手舞足蹈時，又覺得無聊了。

她懷念以前全家一起去露營野炊看星星、一起去釣真正的魚、一起去看電影或音樂劇，回家的路上還能討論劇情，或是討論下次是否應該再多買一份爆米花……

有一次，海寧像發現什麼新大陸似地，拿了一個新遊戲軟體給可欣：「親愛的，有救了！」可欣好久沒有看到老公如此開心了，她好奇是什麼新玩意兒又能救什麼，救他？還是救自己？或是救這個家？

　　海寧神祕兮兮地說：「我們可以透過這個遊戲約會喔！」可欣愣住了，她覺得有些荒謬，兩個人在一起二十年，已經算是老夫老妻，可欣眼看著生活越來越單調，兩個人從無話不談到無話可說，自己也不是沒有努力過，但是因為孩子長大，有各自的生活圈，再加上各種虛擬遊戲占去家人大半的時間，家裡面的冰凍三尺，已經非一日之寒。

　　不過，可欣還是很感激老公能想到找自己一起遊戲。

　　他們一起研究這個叫做「約約」的遊戲該怎麼玩，可欣想，不就是戴上眼罩走進虛擬遊戲，約會吃飯談戀愛？

　　海寧拿出新型的配備，居然沒有眼罩！但他發現了一個面具，正確來說，比較像是一張面膜，他興奮地像個小孩，「哇！越來越酷了！老婆，快戴上！」

　　原來面膜上有無數個感應器，能反映遊戲者的表情，當然，也能更真實地感受到親吻或撫摸。

　　他們一起戴上體驗面罩，便進入了虛擬城市。首先，必須設定自己的角色。

　　可欣把自己設定為亞洲人，身高體重接近模特兒的完美比例，長髮，能歌善舞，個性溫柔體貼，名字叫莉香——一個她年輕時喜歡的日劇女主角名字。

　　當她面對遊戲中的海寧時，不禁啞然失笑，一個光頭肌肉男，看起來像極了摔角手電影明星 The Rock ！！

　　而海寧在遊戲中的名字就叫洛克，Rock ！

　　莉香笑容滿面地走向洛克，說：「嗨，帥哥，一個人嗎？」虛擬世界中的可欣居然一反自己原來的個性，大膽了起來。對方看起來有點驚訝，但又喜出望外，「美女，妳是在跟我說話嗎？」

　　兩個人開心地角色扮演。

　　對可欣來說，她覺得在玩遊戲。但對海寧來說，可欣久違的俏皮與大膽是如此不可多得。

　　兩個人既熟悉又陌生。對方是一個自己從未見過的人，但說話的方式、慣有的小表情，都是那麼熟悉，怎麼說呢……好像是一種背著自己的伴侶偷情，卻又可以問心無愧的矛盾感。

　　洛克很周到地問莉香想去哪裡走走，莉香暫時想不到，洛克手指一彈，立刻出現了一部超跑，炫目的鮮紅色、低沉的引擎聲、拉風的鷗翼門，「小姐，請進。」莉香一點也不驚訝。因為這車一直是海寧現實生活中的夢幻車，但真的負擔不起，只能在虛擬世界中過把癮。那些買不起的、得不到的、愛不上的、玩不了的，全部由虛擬世界雙手奉上。那個世界滿足了各種慾望：物慾、性慾、控制慾、偷窺慾、各種犯罪慾。

　　看著洛克興奮的臉，莉香覺得，虛擬世界畢竟還是可以帶來一些夢想般的享受，更準確地說，可以彌補現實的遺憾。

　　洛克加足馬力向前奔去，配上重低音的嘻哈音樂，覺得自己真的是富可敵國的嘻哈天王！

　　他選擇了Los Angeles的街道，兩旁高聳入天的椰子樹，還有耀眼的加州陽光，路邊偶爾出現跟他拋媚眼的辣妹，資料立刻上傳到儀表板上，身高、體重、三圍……甚至還有……什麼？！床上性愛戰鬥力？洛克急著想關掉，

怎知莉香早已看到，她說：「哇！這套軟體好情色喔！那我的戰鬥力是多少？快看我一眼，我要看自己的資料！」

洛克尷尬地笑了笑：「確定要看？」莉香的臉上出現了熟悉的執著，他知道每次到最後都是他輸，只好看了莉香一眼，等了一會兒，儀表板上卻沒有新數據出現。兩人覺得奇怪，難道是坐在車裡的不算？

洛克啟動了超跑的AI問道：「請問，要怎麼知道我隔壁這位女士的……嗯……」莉香在旁邊搶白：「性愛戰鬥力！」AI立刻回答：「要這位女士對您有性暗示的動作，比如眨眼，或是意味深長地凝視，或是撥頭髮、扭屁股甚至舔舌頭……」莉香驚訝地覺得又好氣又好笑，一個充滿大數據的資料庫居然把人類分析得如此像動物，她繼續問AI：「你怎麼把人類分析得像黑猩猩一樣？」AI用帶點幽默的口吻回答：「此言差矣！」好吧，洛克和莉香想，這個AI還輸入了中國成語軟體。「這位美女，黑猩猩是最會近親繁殖的雜交動物，無須調情，當雌性抬起自己的陰部，雄性便會直接插入，無須對眼，瞬間不到一

秒，可以說是常常開雜交趴的一種動物。」

　　莉香聽得面紅耳赤，害羞了起來，連忙阻止AI往下說。洛克倒是聽得興致勃勃，AI興奮地說：「主人，您好像有了性反應！」洛克大膽地抓起莉香的手，車內的音樂也立刻轉為以薩克斯風吹奏的浪漫音樂，間或還有女主唱的喘息呻吟聲，莉香覺得實在嘆為觀止，但明顯地沒什麼反應。

　　AI立刻提醒：「主人，對您身邊這位高貴的女士來說，這樣的進度有點太快了，莉香小姐應該是屬於要先戀愛才能……」莉香好奇AI會選擇什麼樣的詞彙，洛克馬上手動調整AI的用詞選擇標準。「莉香小姐應該是屬於要先戀愛才能進一步發展的。」

　　莉香頑皮地去轉動旋鈕，「進一步發展」可以依著不同程度代換為：

　　　　靈肉合一／開房間撲倒／上

　　「哇！海寧！這簡直是把妹助攻神器嘛！」聽到老婆

這麼說，洛克警覺地收回自己的手，有點拘謹了起來。

「不過，老公……嗯，洛克，AI分析的是事實，我們慢慢來，先約會一下好不好？」

聽到老婆開始撒嬌，洛克又放鬆了，「好啊，美女想去哪裡？」

AI呼叫洛克用耳機模式：「帥哥，私聊？」

他們用莉香聽不到的音量聊了一會兒，洛克不停點頭、唸唸有詞：「厲害！真厲害！」洛克轉頭跟莉香說：「先帶妳去一家現在最紅的北海道甜品店，然後我去停車，妳先吃個點心？」

莉香聽到北海道甜品，馬上想到會不會是自己排隊好久都訂不到的網紅點心——北海道重起士蛋糕？說時遲那時快，車已經停在那家傳說中的北海道甜品旗艦店門前！！莉香興奮地跳下車，開心地尖叫！AI突然發出聲音：「主人，她看到蛋糕好像比跟您在一起興奮誒！！」望著莉香的背影，洛克還是開心的，「沒關係，好久沒看到她這麼無憂無慮了。」AI接著說：「別忘了快給我資

料！」洛克回過神來，暫時先下線。

　　另一方面，莉香迫不及待地走進這家甜品旗艦店，一進門，映入眼簾的便是北海道的乳酪蛋糕、提拉米蘇、起士條，白黃相間的明亮設計，配上暖色系木頭桌椅，她覺得自己就置身於札幌。服務人員親切地端上試吃小點，莉香不可思議地說：「每一種我都能吃嗎？」服務生滿臉微笑：「當然可以！吃完還可以再補喔！」

　　莉香夢想了好久的味道，急急放了一口在嘴裡，咦？沒味道啊？

　　突然，在她座位右前方的空中出現了兩行字：

　　　　玩家需要購買五感感知棒，

　　　　此處需要設備連結。

　　啊，原來如此！雖然已經有了感應面膜，但是五種感知：眼耳鼻舌身，還是要靠其他工具輔助才能完全地虛擬真實感受。服務人員的臉上還是堆滿微笑，不過系統的提

醒，只是更凸顯出嘴裡空洞的悵然若失。

　　莉香有點小失望，正覺得無聊，還好英俊的洛克及時趕到，「美女，抱歉我忘了把裝備買齊，可以給我一個贖罪的機會嗎？」

　　莉香故作生氣地嘟起了嘴，「哼，你最好能將功折罪！」

　　洛克牽起她的手，「走！我們去兜風！但是，妳要先閉上眼睛！」兩人才剛剛上車，莉香就發現有些不同：座椅沒有那麼低了、引擎聲也不是重低音、車上還有……一種哈哈哈的呼吸聲……那是？狗狗？

　　莉香張開了眼睛，大聲驚呼：「Toughy？？？！！！肥肥？？？！！！天啊！怎麼可能？」

　　那是兩隻黃金獵犬。說得有感情一點，是她和海寧初相戀時一起養的一對黃金獵犬。後來公狗Toughy死於癌症，母狗肥肥壽終正寢。從那以後，他們再也沒養過狗。

　　莉香想念牠們的呆臉，想念牠們愛吃愛玩又愛撒嬌地蹭來蹭去。當她轉過身想抱著牠們，卻撲了個空！空中又

有系統提醒：

　　　　　玩家需要購買五感手套，

　　　　　此處需要設備連結。

　　莉香終於失控了！她對著洛克大叫：「海寧！你快去把所有什麼五感的設備都給我買回來！！我要抱牠們！！」莉香一邊大叫，一邊激動地流下了眼淚。「沈海寧！你太過分了！你怎麼可以……」莉香突然又發現了什麼：「這是什麼車？是我們當年的那部小吉普？！」

　　洛克靜靜地看著莉香，點了點頭：「相信我，我剛剛也偷哭了一下才去找妳的。」莉香還回不過神來：「這是怎麼做到的？你看這個平安符？是我當年替你求來的……還有這個衝浪板吊飾，還有這兩隻白痴狗，還有滿車的狗毛……你到底是怎麼做到的？！」

　　洛克擁莉香入懷，「先別問，我們去兜風，好不好？」莉香激動難平，但還是溫順地聽從洛克的帶領，在座位上又期待又不安地搓著手。

　　車子行經的道路越來越熟悉，莉香又按捺不住了，「這裡是？」一個轉彎，一片碧藍色的海洋拍岸，路旁還有一列老火車，洛克把車停在一個面向大海的古廟前，然後看著嘴巴一直合不攏的莉香，「美女，要下車嗎？」

　　洛克一開門，兩隻狗就衝了出去。莉香彷彿知道車廂裡應該有什麼，她熟練地走到後車廂，打開車門，看到了狗狗的玩具飛盤、球，和兩條卡通圖案的大毛巾，那是待會兒要替海裡歸來，玩得全身溼透的狗狗擦身用的。

　　莉香幾乎也想擁抱這輛車子了。

　　這是他們倆當年一起湊錢買的二手車，他們叫它「老哥」──名字來自九〇年代的美國電視劇《霹靂遊俠》，帥氣的男主角擁有一輛高科技聲控車，它總是叫男主角「老哥」──代表一種同一戰線的義氣，像兄弟一樣互挺，為了對方可以兩肋插刀。

　　「老哥」帶著可欣和海寧上山下海，不管是上下班接送或是環島探奇，甚至帶著兩隻傻黃金來到這個他們初戀時就常常來的海邊，老哥是他們的伴、他們的家人、他們

的見證。

　　後來因為兩個人結了婚，有了孩子，老哥車裡全是狗毛、避震太彈跳、不適合載小孩，他們只好忍痛割愛，換掉老哥。

　　目送老哥的最後一眼，兩個人抱頭痛哭，萬般不捨，覺得自己背叛了兄弟、遺棄了家人。

　　想想那時候的日子是那麼地長情。所有身邊的人事物都住在他們的粉紅泡泡裡，好像地球停止了轉動，那些紛紛擾擾都如浮雲，生活裡只有那片海洋、兩隻狗、一輛墨綠色的老哥。他們彼此擁有，像是雪球裡的小人兒，偶爾漫天雪花，也是燦爛地笑著。

　　人生是不斷往前的，那些我們以為不會消逝的、那些以為會陪著我們一生的、那些我們想牢牢抓住的，後來都因著不同的原因被割斷、被分離。然後在某個站牌下車了，跟自己揮手再見。分開時痛不欲生、撕心裂肺，但假以時日，當你突然想起才會發現，原來曾經那麼不可或缺的，早已被你遺忘。

　　像是面前的這片海洋。

　　和海寧初見面到在一起，然後一起生活、一起養狗，甚至海寧是跪在沙灘上跟她求婚的，天地為證，然後有了小孩，帶孩子來玩沙戲水，一家人從早上玩到黃昏，在海上漂著、在沙灘上懶著、在徐徐的海風中擁抱著，都是這片海洋陪伴著。

　　他們已經很久沒來了。海寧居然在這個虛擬世界裡重建了他們的回憶。

　　她望著海面閃爍的金光、望著肥肥和Toughy追逐著球、望著海寧的背影，時光何止倒流，簡直是平行宇宙。

　　如果生命停止前進，如果後來沒有智慧型手機，甚至沒有AI，一切幸福美好會不會一直延續？

　　莉香走近洛克，握住他的手，兩人捨不得將視線從眼前的景象移開。莉香說道：「其實，我不知道該不該謝謝你……」洛克帥氣地轉過頭看著她，一臉又好氣又好笑的疑惑，等待著莉香往下說，莉香深吸了一口氣：「親愛

的，這一切太美好，但也太殘忍！」

洛克懂了，「我了解，或許，埋葬的不該被重新提起。」

「嗯，也可以這麼說……但其實我想說的是，你這麼做，提醒了我關於你的記憶，也再次讓我相信，只要你願意，還是可以繼續這樣愛我的。」

洛克的臉上出現了海寧的微笑，那種有點靦腆有點溫暖，又讓人不忍苛責的微笑。

他們倆肩靠著肩、十指交扣，在沙灘上將視線停格，看著那曾經在生命中的美好，腳邊還有狗狗追逐著、環繞著，這場景像極了一支完美的廣告片，短短三十秒就勾勒出人們想要的生活。

莉香突然想起了什麼，問道：「喂，你到底是怎麼弄出這一切的？」

洛克微微揚起頭，跩跩地說：「厲害吧？讓妳知道我也是很多愁善感、很浪漫的好嗎？」莉香忍著好奇，讓他吹完。「好了好了，告訴妳吧，是AI。」

原來如此，還是AI。

「車上的 AI 告訴我，可以把過去我們曾經約會的場景、人事物的資料都輸進系統，它就可以帶我們回到過去，讓感情急速升溫。」

莉香無奈地搖了搖頭：「雖然我要謝謝你，但我還是要說，沈海寧，你的把妹技術要好好跟 AI 學習！輸慘了你！」

洛克摸了摸頭，裝了個賣萌的鬼臉，「好了好了，大小姐，我會好好努力的。」

莉香當然還是滿心歡喜、心存感激的。她即時在洛克的臉上補了輕輕的一吻，洛克立刻跳了起來，「哇！好真實的感受！這個面具的神經傳導刺激做得好好！」莉香翻了個白眼，「拜託哦，我也常常這樣親你好嗎！」說完，不忘叮嚀一句：「記得把配備買回來！」

洛克趕忙點了個頭，立正站好：「Yes! Sir!」

莉香給他一個大大的擁抱，在他的耳邊說：「愛你！」

海面仍然風平浪靜，但遠處多了夕陽和晚霞。

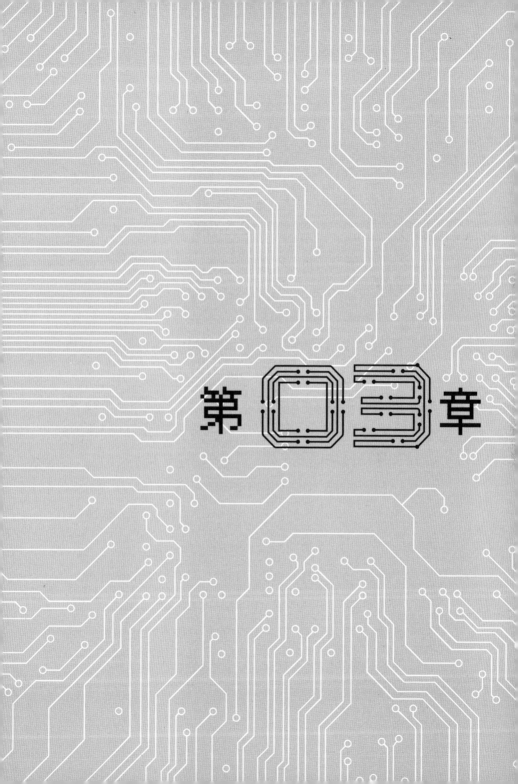
第03章

　　IAI公司開發部召開會議。總經理聽著業務經理的分析報告：「目前市場上開發的產品種類已經幾乎飽和，使用者的各種需求也幾乎都被滿足，再加上目前資料庫的大數據能算的、推演的也走到一個極致，所以……」他試探地看著總經理，不確定該不該往下講。

　　總經理推了推眼鏡，示意他繼續說。

　　「所以下一季我們的營收只能持平，甚至負成長……」總經理皺了一下眉頭，「難道，就沒有其他的可能？」

　　這是IAI公司總經理胡志揚最常說的一句話。

　　這位史丹佛、哈佛雙碩士高材生，被視為科技界的金童，他當初進入這家遊戲公司開發的第一款線上組隊戰鬥遊戲，馬上石破天驚地讓公司股價狂飆，幾乎所有青少年和男性都淪陷，富有臨場感的戰地、震耳欲聾的槍彈炮火聲、朋友們組隊上線廝殺，都是讓玩家上癮的原因。

　　但胡志揚是個停不下來的鬥士，他不輕易滿足於現狀，本來其他競爭對手公司還能相抗衡，但這位金童常常

問團隊一句話：「難道，就沒有其他可能？」

於是，接下來他又把腦筋動到女性顧客身上。他開始開發新型AI機器人，和一個矽谷專門做矽膠娃娃的公司合作，推出了家庭服務型機器人、百貨公司服務類型機器人，最近，他還打算推出一個最新型的伴侶型機器人。

這個劃時代的產品引起國會和媒體的辯論。意見領袖面對輿論的浪潮舉辦了許多場公聽會，網路上的旁聽者上億，贊成者認為社會上的獨居者需要被照護，也需要有人陪伴；一直找不到理想對象的單身者也認為訂製一個伴侶是天經地義的選擇，而且可以輸入自己的興趣喜好，甚至各方面的癖好，減少了磨擦爭吵，隨時有個知心人，免去猜疑和背叛，少了許多麻煩。

反對者則認為，人生本就有許多不如己意的事會發生，如果一昧地以自己為中心而不檢討自己，那麼便會失去成長的機會、生命的意義。猶有甚者，若是這樣的伴侶僅僅成為一個被洩慾、被控制的工具呢？另外，如果大多數人都去選擇機器人AI伴侶，那麼，人類會不會因此走

上滅絕之路？

　　經過一整年的學界、政界、醫界、科學界多次公開辯論後，伴侶型 AI 機器人終於可以經過身分的限定來申請購買。

　　鰥寡孤獨者優先，社交困難者其次，但這款機器人只在聊天和照護急救功能可以輸入專業軟體，其他方面則無法輸入特殊設定。比如感到受傷委屈或嫉妒等較細微的情緒，是暫時禁止被輸入的。

　　嚴格說起來，第一梯次通過法律的 AI 伴侶型機器人，看護陪伴的功能是主要設定，若要有性愛功能，可能還得有更多的公開辯論會來討論利弊，才能再往下開發。

　　但光是這樣的一個新機種，就已經讓胡志揚和 IAI 公司名利雙收。

　　媒體每天追逐著這位 AI 界的金童跑，希望他幽默風趣的言談、專業的先驅形象，能為自己的平臺帶來更多點閱率。

　　胡志揚和公司確實引領風騷了好幾年，但隨著科技快

速發展、家家戶戶從網路世代進階到 AI 世代，基本生活所需皆已開發飽和，IAI 公司正憂愁著下一步該如何開發新產品、開拓新市場，各家科技公司更是殺紅了眼，無所不用其極。誰都怕被別人領先的情形下，胡志揚身為公司決策者，更是日日夜夜想著任何未開發的新藍海。

業務部黃經理是胡志揚的學弟，他非常了解這位學長的個性。永遠想比別人快好幾步，忍受不了失敗。又或者說，他的成功定義與別人不同。

這位學長以前在學校裡就喜歡幹大事，喜歡挑戰威權、喜歡顛覆舊有的傳統，像個熱血的革命家，他堅信事情不會只有一種可能，只要多想一想、多試一試，絕境總會長出一朵花。

所以，目前這種所謂市場飽和的說詞，是不可能改變胡志揚往前衝的決心。他沉思了一會兒，抬起頭說：「我需要一杯咖啡，散會。」

所謂散會的意思，便是留下業務部黃經理和小黑。小黑，是公司特別聘請來替主管們手沖咖啡的黑幼幼。

　　黑幼幼拿過手沖咖啡世界大賽的冠軍，她專業的嗅覺和味覺總是能選出最香的咖啡豆，為了使手臂能更有力，她甚至還去練拳擊、接受重量訓練，希望增加自己在萃取咖啡時手臂和核心的穩定度。

　　對胡總和黃經理來說，喝小黑的咖啡，不但是放鬆、享受，更是生意靈感的泉源。

　　小黑除了熟悉世界各地的咖啡豆，也了解各種豆子的韻味該用什麼手法萃取。當然，一個男人和女人的偏好也會不同，又或者說，一個陷入焦慮的中年男人此刻需要的會是什麼，更是小黑除了咖啡學之外，也要具備的察言觀色心理學本領。

　　她只想了一會兒，就立刻選了一款豆子，量好克數，開始研磨。她細細地展開濾紙、輕輕用熱水洗過，然後放進咖啡粉，靜靜地看著咖啡粉被浸溼，再靜靜地萃取出香氣，在限定的時間內沖完兩杯的量，獻上了這杯手沖。

　　胡志揚接過它，輕啜了一口，眉頭微皺，小黑說：「太酸？」他搖了搖頭，「不酸，只是妳今天到底用了什

麼手法？果香被萃取出來很多。」

小黑頑皮地笑了笑，「果然逃不過你的法眼……是女神法！」

胡志揚好氣又好笑地問：「什麼？妳居然施了什麼女神法？」

小黑得意地說：「其實這種沖水法採取了花瓣式繞圈，是專為女性設計的，用來取悅女性，讓她們從這些果香花香裡感受到自己被寵愛。」

「所以妳覺得我需要被寵愛？」胡志揚沒好氣地看著小黑。「或許是吧，胡總，你已經很久沒有談戀愛了，再這樣工作下去，你應該可以取代機器人了！」

一旁的黃經理忍不住大笑，整個公司敢這樣調侃總經理的，應該只有黑幼幼了。

胡志揚聽了小黑的話，臉上緊繃的線條居然緩和了下來。他一邊喝著咖啡，一邊覺得這小黑挺有意思的：「我們這些大男人當然不懂女人在想什麼了，人們總說女性的智力是超過男性的，但女人卻又會在愛情裡做出很多跟理

智背道而馳的瘋狂選擇，若是用公司經營的損益原則來看，已經開始賠就要收手，但女人卻常常飛蛾撲火、奮不顧身地為一個完全不值得的人，甚至玉石俱焚，我就真的不能了解一種高等生物為何癡愚至此。又或者說，這麼聰明又美麗的生物，為什麼常常被一點小事感動，然後腦子裡只要有那個感動的瞬間，就足以付出青春甚至一生……我搞不懂，真的搞不懂。」

黑幼幼酷酷地看著胡總，等他把話說完。

「所以，你就不打算了解女人？」

胡志揚苦笑了起來：「也沒有那麼極端，我只是想不通一個花瓣沖水法居然能把女人逗樂？」

小黑得意地說：「胡總，你的科技王國裡不是就有一部分在照顧女性的需要嗎？」胡志揚被這麼一捧，開心了起來。「但是，」小黑緊接著說：「女性的需要不只是從日常的勞務被解放，更多的是……」

胡志揚眉毛一挑：「是愛？」

小黑一聽樂不可支：「你好庸俗喔！什麼年代了！」

　　胡志揚有點窘，催促著小黑快說，於是小黑繼續：「需要被支持吧。」

　　被支持？！胡志揚一臉疑惑，小黑說：「別忘了我們是高等生物！我們的靈魂是需要被餵飽的。」

　　小黑繼續說：「我們假裝喜歡一些能買得到的東西，是為了不讓不了解自己的人難堪。」胡志揚臉上出現了笨笨的表情，小黑笑出聲音來：「好好笑啊，你的臉！」眼看胡總快要惱羞成怒了，小黑立刻神色嚴肅地假裝正經：「好了，我不鬧了。我的意思是，女人需要真正地被尊重、被支持。不是那種紀念日被過分喧嘩地慶祝，而是那種常常被想著，被在乎的那種。」

　　胡志揚聽到這些話，細細地咀嚼著，「被想著、被在乎……」所以，「這就是為什麼一件小事可以讓女人感動得半死的原因？」

　　小黑瞪大了雙眼：「哇！孺子可教也！只不過，你們男人認為的小事，在我們女人的眼裡，卻是雙方曾經最重視的盟約，或是男人曾經小心翼翼呵護的。但當愛變成了

習慣，男人的眼睛就從相愛之初的顯微鏡變成了老花眼，不管是因為惰性或是懶得再偽裝，女人覺得不再被關注，甚至一直被忽略，心裡的失落感啊……」

小黑邊收拾咖啡豆邊搖起頭來，繼續碎唸：「從女王變女奴，誰不遺憾？」

從女王變女奴？從女王變女奴……胡志揚似乎想通了什麼，將咖啡一口喝乾，「謝謝妳，小黑！我欠妳一次！」

胡志揚興奮地按下內線：「叫Vera一起來開會！」

IAI有一個研究女性的部門，專門收集有關女性的大數據，然後加以分析。

胡志揚找來女性研究部部長Vera，想要從研究端來激發更多可能。胡總開口了：「妳認為女性還需要什麼幫助？」

Vera言簡意賅：「一是職業婦女無法兼顧家庭的焦慮，二是寂寞的家庭主婦，你想先解決哪一個？」

Vera帥氣的短髮就像她俐落的個性，「咻咻」兩顆子

彈射出，直中問題核心，絕不廢話。

黃經理忍不住插話：「是否勞務型機器人已能分擔大量家務，讓職業婦女和家庭主婦輕鬆了許多？」

Vera苦笑著說：「勞務上當然有許多是智能管家可以取代的，但有些事是代替不來的⋯⋯比如陪伴。」

「陪伴？」胡總又慣性地挑眉，每當他面對意想不到或是不以為然的事，就會有這個表情。

「是的，陪伴。孩子需要陪伴、老公需要陪伴，又或者說，家庭主婦最需要陪伴。」

「哦？她們不是很會安排自己的生活？」

Vera聽到這位大直男總經理這麼接話，忍不住想笑：「報告總經理，如果女人這麼簡單，就不需要特別設立我們這個部門了。」

胡總調整了自己有點以上對下的態度，謙虛地說：「願聞其詳。」

Vera開心地笑了：「胡總，這就是我們喜歡跟你工作的原因！」

　　胡志揚雖然在工作上橫衝直撞，但年過四十的他在結束了一場不愉快的婚姻之後，如今也懂得傾聽。

　　「職業婦女雖然兩頭燒，但至少最後回報的是有形的薪水和無形的成就感，尤其是自我實現的成就感，心靈上的滿足讓工作中的女人底氣十足地去面對一切。但家庭主婦的付出常常被視為理所當然，除了偶爾的節日被家人圍繞，其他大部分時間都是不被重視甚至被遺忘的。再生氣也只能離家出走，走了兩天也還惦記著小孩沒飯吃、老公襯衫不會燙。更殘忍的是，孩子對她們感情的轉變。嗷嗷待哺時抓著媽媽認氣味、認心跳，一副一輩子只愛媽媽一個人的執著。但一到青春期，孩子對家庭、對雙親開始莫名的反叛，嫌棄媽媽囉唆、嫌棄媽媽土、嫌棄媽媽跟不上潮流、聽不懂流行音樂、記不得NBA球隊的名字……於是主婦開始有一種被初戀狠甩的失落感，但這種親子關係又跟失戀大不同，因為妳不能報復、不能悔恨、不能據理力爭、不能移情別戀。幫孩子買最貴的電腦，到頭來他笑妳居然連最簡單的功能都不會；送孩子出國念書，然後他

嫌妳英文很破很丟臉。多少家庭主婦都被這樣羞辱，甚至有時候還是在公共場合，她們也只能隱忍，無法回嘴……因為對象是自己的心頭肉，是世界毀滅萬劫不復都想用生命保護的人。」

胡志揚聽得入神，眼角似乎隱隱有淚光。然後，他長嘆了一口氣，「我明白了，難怪……小黑說什麼被在乎……」另一句話他沒說出口，那是對前妻的愧疚。他當年全力衝刺事業，以為老婆住豪宅戴鑽戒，每天錦衣玉食就足夠，誰知道她竟然和瑜伽老師談上了戀愛，說什麼那個男人給的才是她要的，讓胡志揚覺得啼笑皆非。

他從來沒想過，一個人每天都得待在屋子裡一整天，哪裡都不能去，沒人能說句話，會是什麼感受。

Vera喝了口水繼續說：「胡總，你知道多少女人為了家庭、為了孩子中斷自己的理想？你覺得這些主婦在付出青春和最好的年華後，有沒有想過那些遺憾？」Vera的眼中突然出現了一種堅定：「我不知道這樣浪費了多少人才，我只是好奇，如果主婦們可以重新選擇自己的人生，

世界會不會不一樣？」

　　會議室裡的四個人，都陷入了沉思。

　　不過對於Vera這段慷慨激昂的發言，小黑偷偷比了個大姆指。


　　過了一會兒，Vera突然想起手中的報告：「胡總，抱歉，說了那麼多，我居然忘了這份分析報告。」

　　胡總接過報告，翻了幾頁：「咦，這個對比曲線是什麼意思？」

　　「這是公司發行的『約約』和智能冰箱的採買關係。」Vera解釋。

　　「這曲線居然成強烈反比，怎麼回事？」胡總好奇地問。

　　「是這樣的，這兩項本來看起來不相關的產品，數據卻大大地背道而馳，所以引起了我的興趣。買『約約』的多半以男性客戶為主，如果他是已婚男性，家裡的買菜情形就會跟著連動。」

胡總覺得挺有意思，一個男人的約炮神器是如何影響了家裡的三餐採買？

「只要成家男人迷上『約約』，多半會棄元配於不顧，如果再加上家裡其他成員迷上本公司其他產品……」

胡志揚突然明白了什麼，「比如說，孩子迷上我們的『夢想學園』，或是『偶像練習生』？」

Vera露出一副孺子可教的神情，「對！如果把這些數據納入計算，家裡買菜量會越來越少，而且菜色會越來越單一、缺乏變化，米量也越來越少，反而點外賣的情形會越來越多……」

不等Vera講完，胡志揚立刻搶白：「也就是說，家庭成員迷上個別的遊戲就會廢寢忘食，主婦期待的晚餐時間幾乎蕩然無存，於是對做菜意興闌珊？」

Vera深吸了一口氣：「是的，報告總經理，我們並不是要提升賣菜量，而是……」

「要在乎主婦的感受對嗎？」胡志揚接話，「所以我們要開發能讓主婦們玩的遊戲？」

Vera瞪大了眼睛，胡總看到她的表情：「我又猜錯了？好，那麼，主婦需要陪伴、被在乎、被尊重？」

聽得出來他已經努力把小黑和Vera教育他的結論綜合式地背誦了下來。

「是的，我的報告完畢。」

胡志揚本來以為可以快速地找到結論，但現在卻反而陷入一團迷霧。

「好消息是，胡總，本公司提供的AI幾乎無孔不入，所以我們握有家庭和公司行號的大數據，更有許多主婦是我們的情報員。」

胡志揚覺得女人真是不可小覷，情報員⋯⋯

Vera繼續提醒胡總：「也就是說，如果您有任何新的想法，我們都有大批的情報員可以協助調查或布局。」

胡總望著這位女性研究部部長，居然有一種面對率領千萬大軍首領的錯覺。

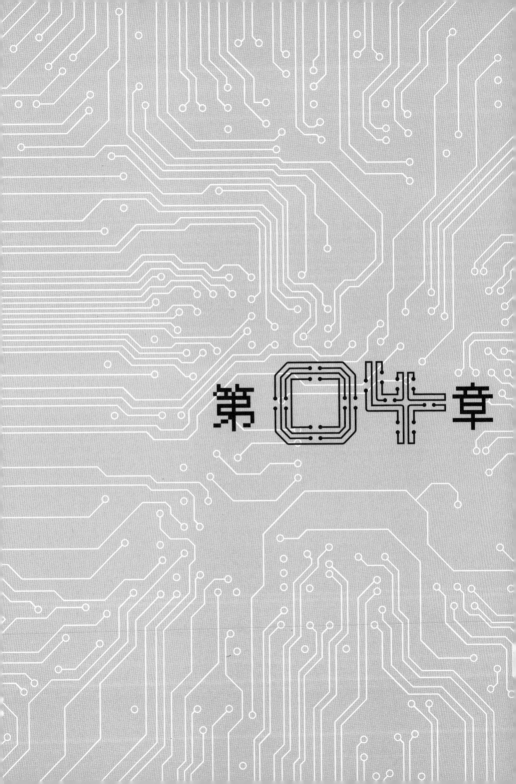

第04章

　　不知道為什麼，有一天海寧居然提早下班了。可欣做完運動回來看到門口一堆廢棄的紙箱，全都是IAI公司的產品，她相當好奇地開了門，只見海寧坐在地上，研究一堆看起來像是變裝用的道具。「老公，你又買了什麼？」

　　海寧興奮地招手要可欣趕快過去：「老婆，妳不是要我買裝備嗎？妳看，五感感知棒、全套感應衣，不知道尺寸買得對不對？妳要不要試試？」

　　可欣覺得海寧真是個大孩子，但她突然想到，可以真實擁抱過去他們養的狗狗，也就迫不及待地換上感應衣。然後，他們終於吃到了夢寐以求的甜點，也回到了那片沙灘，更大力擁抱了早已逝去的黃金獵犬。那一夜，可欣和海寧彷彿回到了初戀，他們緊緊相擁，深情地看著對方，探索彼此的身體，像是第一次愛撫、像是第一次深吻，好久沒有的渴望一次爆發，可欣覺得海寧還是愛她的。

　　有好一陣子，他們樂此不疲地玩著這款遊戲，可欣很執著地每次進遊戲都只為了吃甜點或是抱狗狗，久了，

海寧也漸漸沒時間沒興趣陪她玩，於是這款遊戲對可欣來說，只剩下和狗狗敘舊的功能。海寧和可欣又回到了過去的相處模式，各自在自己的空間裡忙自己的事。

直到有一天，可欣出門碰到了林太，兩個人互道早安後，可欣準備離去，卻被林太叫住：「可欣，妳老公是不是有在玩『約約』？」

可欣覺得訝異：「妳怎麼知道？」

林太一副什麼事都瞞不了她的樣子：「上個月妳家門口不是有垃圾紙箱嗎？」

哦，原來是那些包裝，可欣回答：「是啊，我們一起玩的。」林太不可置信地瞪大了眼睛：「你們？一起玩？」

可欣突然頑皮地想逗逗林太：「對啊，夫妻一起玩可以增進閨房情趣喔！」

林太覺得自己似乎太低估了眼前這位良家婦女，豎起大拇指：「原來如此！妳真厲害！能夠把家庭主婦最擔心的一款約……講白一點妳不要介意，把約炮神器變成夫妻

情趣，真會玩！」「約炮神器？」講完這四個字，可欣的臉突然紅了起來。

林太自顧自地往下說：「是啊，男人們穿上感應衣，在遊戲裡跟各個玩家談戀愛甚至上床，天啊，連酒店都不用去了。只不過，有時候對方是男是女都不知道，哈哈哈。」林太越說越起勁，「現代科技真的越做越好，妳知道住在A棟，才結婚剛滿一年的蘇先生蘇太太？他們家老公迷上這款遊戲，居然和常常約會的網友發生感情，兩個人在網上性愛的時間比跟自己的老婆多，後來蘇太太發現了，直接把整套裝備砸爛，蘇先生翻臉了，兩個人大吵一架，沒多久就離婚了……」

林太繼續說著，此刻占據可欣思緒的，是她回想起第一次和海寧在遊戲裡的「性愛戰鬥力、老哥助攻」……

突然，林太拍了一下可欣的肩膀：「沒事就好，我只是覺得妳老公最近看起來黑眼圈有點深，以為他玩遊戲玩到忘了睡覺……結果是你們夫妻在忙，誤會誤會，保重。」

　　林太漸漸走遠，可欣的腦海裡一團亂，不知道自己該做什麼，先回家喝口茶吧，然後再⋯⋯去看看海寧的書房？！

　　可欣平常是不太進海寧書房的，因為在一次大吵後，夫妻倆很有默契地保有各自的獨立空間，兩人的書房依著各自不同的喜好裝潢，只要一進到自己的書房，說好是誰都不能打擾的。最後，海寧甚至睡在書房，因為他說工作太多了，必須帶回家處理。

　　可欣從來不懷疑他，就算他說處理工作是假的，可欣也相當尊重家裡每個人的獨處時間。畢竟，大家都是成年人了，老公不就愛打電動，有什麼好疑神疑鬼的呢？但是，這次可欣忍不住了，她打開了海寧的書房，決定好好找找。找什麼？她也不太清楚，但憑著女人的直覺，她還是好奇地開始地毯式搜索。

　　海寧的書房有股單身漢的味道，說穿了，便是汗臭味和垃圾桶裡的衛生紙以及食物殘渣混合的氣味，桌面有洋

　　芋片的碎屑和菸灰，可欣並不打算清理，以免留下來過的證據。海寧書架上的藏書並不多，一切都電子化後，紙本書反而成了一種擺飾。海寧選的擺飾是金庸，那一整套武俠系列是他們的定情信物。當年在大學時，兩個人還一起去漫畫屋不眠不休地K書，可欣邊看邊幻想自己是小龍女或阿紫，海寧就是楊過或喬峰，兩個人在武俠世界裡好速配……而如今，只是一堆積滿灰塵的擺飾，書中的情意仍在，但現實生活中的兩人卻漸行漸遠。

　　可欣又差一點忘記自己進來書房的目的，她回過神來提醒自己專心，一定要好好想想……咦，桌上的電腦……何須多想，時至今日，電腦應該就是一切祕密的解答。

　　她用滑鼠點開，需要密碼，她和海寧之間基本上沒什麼祕密，兩個人的密碼用來用去也只有那兩組——兩個人生日的排列組合。果然，一下就進去了，「約約」就在桌面，她小心翼翼地點開，首頁跳出了一個問題：

　　　　請問要用哪個帳號登入？

　　　　洛克還是 Hunter・S？

「Hunter・S？」

也就是說，海寧設了另一個帳號？

可欣懂了，她默默關機，走出書房，說不出是什麼感覺，好像什麼東西空了、不見了。她一直認為婚姻、家庭就是兩個人的誓約，恪守不悖，最多就是激情漸漸歸於平淡，那種什麼外遇啊、養小三啊，都是別人的故事。

不過，話說回來，就算海寧真的在網路上跟別人眉來眼去，這樣算出軌嗎？可欣在乎的是他跟別人談戀愛，還是……做愛？

她幾乎是立刻衝出家門，前往她從來不願意去了解的IAI店面，不難找，因為這個城市隨處可見，除了販賣軟體、線下體驗設備、IAI的實體店面還包含了簡餐、咖啡等休憩功能。

不過，心裡焦慮萬分的可欣沒有那個閒工夫喝咖啡，她抱著一種作戰的決心奔向店面的服務人員：「請問，『約約』的配備有哪些？」

　　店員是個小帥哥，名牌上寫著Eddie，他眼睛瞪得有點大，可能覺得這位看起來溫柔賢淑的女性有點⋯⋯興奮？

　　「好的，小姐，請您看看我們的目錄。」說完便在空中用手滑開一個投射螢幕，「基本上，『約約』有五感感知棒、臉部感應面膜、全套感應衣、嗯⋯⋯還有大部分是男性會購買的⋯⋯『小約』。」

　　天啊，好個海寧，原來他隱藏了小約？Eddie滑開下一頁：「『小約』是一個由矽膠和金屬骨架做成的⋯⋯嗯，妳可以稱它為伴侶。」

　　可欣專心聽著，深深吸了一口氣。Eddie繼續他的介紹：「妳知道的，如果能有一個實體可以擁抱，會更增加真實感，而且只要在線上交的朋友願意，他就可以連線到妳的『小約』，那麼，所有互動就會更真實，不過，對方也需要穿上感應體驗衣，而且，感應衣男女有別⋯⋯」

　　可欣又不自主地臉紅了起來，Eddie連忙解釋：「不是因為器官不同喔，是因為本產品結合了泌尿科和婦產科

的大數據，知道在男女不同的部位壓迫、予以輕微電擊可以造成快感，可以更快樂、更有高潮。」

可欣的腦子亂成一團，她想的全是海寧跟不同女人上床的畫面。Eddie不知道眼前這位客人要的到底是什麼，因為她看起來跟以往的客人不太一樣，「小姐，妳不用擔心『小約』占空間，只要一按頭後面的鈕……」突然，咻地一聲，風姿綽約的「小約」快速洩氣，Eddie熟練地把剛剛還是一個人型的「小約」，依著鋼骨架的不同關節折起來，花不到三十秒，「小約」已經變成一個小巧的金屬盒，像是一個精美的紙鎮，像是……海寧桌上的那一個。

可欣看得出神，Eddie繼續推銷：「其實女性不用買小約啦，如果要比感應衣更……妳知道，更有感受到深處的話，再加一根感應棒就好了啊……」Eddie低著頭繼續說：「我們會安排包裝，以免您攜帶時造成尷尬。比如，要不要拆掉包裝然後換成……生鮮食品或衣飾？」

可欣還沒想到的小細節，IAI都照顧到了，她突然不知道應該對這家公司反感還是欣賞了。但是，她心裡很清

楚，工欲善其事，必先利其器。

　　可欣走出店門，手裡提著一個看起來像蛋糕盒的包裝，她驚覺自己好久沒有這種活力了，一種想要戰鬥，有個目標、有個祕密等著去探索的感覺，就算結果可能無法承受，她也忍不住想知道自己的老公究竟在想什麼。

　　或者說，她也想了解那個世界有多迷人。


　　可欣一步出店外，她的購買紀錄也同步上傳到IAI，以及IAI的區域管理經理林太，也就是Lindy的手機中。

　　Lindy似乎一點也不意外。這麼多年的情資蒐集和人性研判，她早已經是箇中高手。

　　只是，這樣的成就感還沒享受太久，Lindy立刻被一則簡訊拉回現實。

　　　　妳在路上了嗎？不要遲到！


　　Lindy想都不用想，立刻反射性地立正站好。那是她偉大的、威嚴的、不可抗命的婆婆。

這位婆婆是大家族的主心骨。她精明能幹，運籌帷幄家中的事業。公公早逝，便留下她獨力撫養孩子。

Lindy看了一下時間，還有三十分鐘，她本來可以去喝杯咖啡，再慢慢前往婆家，但她不想節外生枝，只好趕緊驅車前往。

那棟位於市區黃金地段的深宅大院，是多少建商覬覦的珍貴土地，但林家背景雄厚，家大業大，哪裡需要賣掉這棟花園洋房？

相信旁邊高樓大廈的住戶們，都會對這市中心的上百坪花園感到羨慕和好奇，擁擠的市區裡，竟能擁有私人亭臺樓閣、小橋流水，院子裡孤傲挺拔的松，每一棵都是身價百萬；而那冬天燦然盛開的日本原種櫻花，也不輸身旁的松，林家一種便是繞著院子一圈。

推開大門，映入眼簾的畫面，會有種彷彿身在京都廟宇的錯覺。

潺潺流水中的錦鯉，優游成一幅流金歲月。面對整個園林的便是主廳，主廳的前廊幽長深遠，用的是檜木，雖

然有些年歲了，仍然不時聞得到檜木香。

　　婆婆鎮守著林家大宅，這幾年為了禮佛，還在主棟建築的右手邊，加蓋了一棟清水模建築。一樓是宴客會所，二樓就是佛堂。

　　她是個相當有紀律，嚴以律己、嚴以待人，更嚴格對待媳婦兒的人。她的日常都是按表操課，幾十年來，幾乎沒有什麼人、什麼事能更動她的作息。

　　Lindy 回想當初，自己只是一個 T 大畢業生，因為進了林家的公司，被林先生相中展開追求。當時林先生還沒掌管家業，職位也不高，在公司很低調，只有少數高層知道他是未來的接班人，所以 Lindy 也絲毫不知道對方的身分家世，兩個人單純地談戀愛、吃路邊攤。等到感情穩定了，林先生才終於把她帶回家見父母。

　　說是見父母，其實婆婆正好出差，她沒見著。公公早就不在了，代替父職的大伯慈眉善目、和藹可親，都讓她的戒慎恐懼一下就煙消雲散。而那座靜謐的日式庭院，也讓她開了眼界，直覺這是戶有品味、有教養、又低調的大

戶人家。

　　大伯意味深長地看著她：「妳跟媽媽當年真像！當年……」她沒聽出大伯在「當年」這兩個字上的加重語氣，也沒懷疑為什麼婆婆會「剛好」出差，當晚幾乎就已經說定了這門親事。

　　當林先生在她手上套了個鑽戒，下跪求婚時，Lindy還記得那不真實的感覺。她彷彿看到了一道光，從黑暗的空中灑下，讓她緩緩升空，脫離辛苦焦慮、打工養家的日子。她並不想不勞而獲，也不奢望什麼貴婦的生活，她只求能溫飽，能睡一場好覺，眼睛睜開時，不用擔心三個弟弟的學費、生活費。

　　當時辦公室裡的女同事們都對她的境遇羨慕不已，只有幾位老主管碰到她時，嘴上說著恭喜，臉上卻有隱約的擔憂。

　　很多表情，Lindy當時讀不懂。日後回想，卻是一串串的線索。告訴她未來日子不好過的線索，告訴她人生的苦難會用不同形式呈現的線索。

　　婆婆第一次見到她時，鑽戒是已經套在她右手無名指上的。

　　打扮樸素的Lindy不想太招搖，但她的未婚夫，未來婆婆的兒子堅持要她戴著。她以為那是相愛的表現，孰不知，在未來婆婆的眼裡，代表的是衝撞犯上。

　　那頓飯一開始的肅殺氣氛，Lindy並沒感覺到——只怪自己涉世未深，聽不懂婆婆的話中有話。

　　「妳還有三個弟弟？多大了？」

　　Lindy據實回答了。

　　「妳還要繼續養他們？還是我們養？」

　　Lindy立刻接話：「我現在做三份工，應該可以繼續養。」

　　婆婆臉上沒有表情。

　　「我們如果讓妳這麼辛苦，人家會怎麼想？」婆婆喝了一口茶，頭低低地說。

　　Lindy把這話當作是關心，天真地回答：「沒關係的，我可以。」

　　婆婆的茶杯蓋敲了一下茶杯，有點大聲。

　　兒子跳出來解圍了：「媽，我也有工作，也有薪水，我可以照顧她們家。」

　　婆婆眼睛看著熱騰騰的鮑魚雞湯：「你的存款應該都買了鑽戒了？」

　　婆婆再喝了一口茶，拿出手機，叫Lindy過來看：「Lindy，妳看，這是我當年的婚紗照，黑白的，只有一張。年代久遠了，我把它翻拍下來存在手機裡，妳看出什麼了嗎？」

　　Lindy接過手機，仔細端詳：「好美啊！您真是漂亮，婚紗也很……很……典雅！」

　　婆婆盯著Lindy的臉，似乎想要看看她是否出自真心：「妳是想說那婚紗很簡單嗎？！」

　　餐廳的包廂裡只有湯煮滾的聲音。

　　Lindy急忙解釋：「簡單，但是雅緻。」

　　婆婆自顧自地往下說：「那婚紗是照相館裡租的，不過我其實是要妳看戒指，妳仔細看。」

Lindy用力地看著照片裡新娘白手套上的球狀物，很細，很小，正在不知道如何形容，婆婆開口了：「很小，很便宜，人造寶石，夜市買的。」

Lindy算是聽懂了。

女人過去受的苦，雖不是眼前這個女人造成的，但是，那曾經的苦、怨、生命中的幽恨，總要有另一個人來複製，才能稍解。

Lindy比約定時間早到十分鐘，她站在大門外，不敢按鈴。

不許遲到是婆婆的軍令，但有一次Lindy早到了，也被婆婆疾言厲色地訓了好久：「妳有沒有教養？如果我正在唸佛？如果我正在和客戶開會？如果我衣衫不整？妳以為早到是美德，我覺得是打擾！沒禮貌！！」

於是她後來習慣早到，站在門口。

站著享受那暴風雨前的寧靜，站著吹風淋雨，享受高壓來襲之前的最後一抹自由空氣。

　　還有八分鐘，她試著猜想婆婆今天會找什麼碴：「衣著太土？還是口紅太豔？」

　　還有七分鐘，她已經熟讀了佛經，應該能對答如流。還是再默唸幾遍好了……

　　四分鐘，她檢查一下手機，老公的健檢結果和日常紀錄已經備齊。

　　三秒、二、一，她準時按下電鈴。

第05章

可欣期待夜晚的來臨，其實在家人回來前，她已經試穿了好幾遍緊身感應衣，更申請了「約約」裡面的一個新帳號。這次，她不是那個緬懷過去的莉香，她取了一個新名字：Natasha。聽起來有點異國風情，又有點想遊戲人間的名字。

終於，孩子們睡了，海寧在書房說是今晚又要加班了。可欣靜靜地鎖上房門，拿出裝備，上「約約」。

為了這個局，可欣緊張地先喝了一點酒來給自己壯膽。帳號登入。

歡迎您，Natasha小姐，

請問要先挑選今晚的衣服嗎？

選項中有各種類別，晚宴、運動、居家、上班、休閒。可欣點選了晚宴這一項，面前立刻展開了一個超級大的陳列室，各色各樣的晚禮服一字排開，旁邊還陳列了不同的配飾、香水和鞋子。

可欣覺得，自己應該就在這裡試裝到天亮，太好玩

了，若不是因為要知道海寧此刻在幹什麼，她已經迅速淪陷。還好，快速指南建議她選了一套今年奧斯卡典禮中最高人氣的女主角裝扮。

　　我們再幫您修改一下顏色和裙長，

　　以免撞衫，好嗎？Natasha？

　　當然好。Natasha突然想起了什麼：「哦，那個，我需要露出……乳溝，謝謝。還有，能讓我的臉看起來像電影明星裘莉嗎？」

　　確認一下，是安潔莉娜·裘莉嗎？

　　小事一樁，好了。

　　鏡中的自己，比完美還完美。性感的豐唇，和性感的身材。

　　今天有一場國際泳裝品牌大秀，您要前往嗎？

　　那裡會有最多的交友機會。

Natasha欣然受邀。

這場泳裝發表會確實是國際知名品牌舉行的，結合了線上和線下同步進行，IAI在設計遊戲「約約」時，就已經想到這樣置入行銷活動來賺取收入。上線的會員們帶來大量的人流，IAI舉辦這樣的活動並不收費，錢不需要從會員身上賺，他們在「約約」裡看到滿街的廣告、去店裡體驗消費，或是參加不同的活動，就足以讓IAI向廠商收取可觀的費用。

泳裝發表的場地是在海灘上的舞臺，貴賓們站在飯店的泳池邊，模特兒身後便是一望無際的湛藍海洋。Natasha看呆了。

這衣香鬢影、華服美饌，Natasha覺得自己真是走進了電影場景。

她只顧著欣賞這華麗的一切，完全忘記來的目的。直到有一個聲音問她：「美女，一個人嗎？」Natasha這才想起自己是有任務在身的，立刻回頭：「喔，是一個人。」

對方是個高大英俊的棕髮男子，她不禁覺得好笑，因

為眼前的這個人，如果給他一把大錘子，就是活脫脫雷神索爾本人。Natasha笑了出來：「雷神你好！」想不到，這個人居然被激怒：「妳在說什麼？莫名其妙！」然後憤憤然離去。

系統聲音提醒：「這裡每個人幾乎都有自己的外表偏好，有些人不喜歡被人提起。」

Natasha覺得奇怪，好吧，那麼如果待會兒有人叫她裘莉，她是不是也要生氣一下以表示正常？

她拿起一杯香檳，哇，Dom Pérignon，香檳王！真是高級享受。泳裝秀應該要開始了，Hip Hop音樂響起，雷射光束射向天空，眾人開始鼓譟。Natasha一直走到一個比較高但遠離舞臺的地方，幾乎是在人潮之外，她還不習慣這樣擁擠的派對。特別是，每個人都不是真實生活中的自己，每個人都是那樣有吸引力的面孔、那樣姣好的身材、那麼時尚的穿著打扮、那麼一致的目標。交朋友是好聽，其實就是為了擁有對方的身體、排遣寂寞，或者找刺激，在茫茫人海中不用面對被拒絕的壓力，不用面對自己

的寂寞。

　　她覺得這樣默默旁觀挺有意思的。

　　胡歌走向林志玲，很快地就耳鬢廝磨，然後離開了人群。小賈斯汀看上Angelababy，鋼鐵人對陳意涵很好奇，吳亦凡選擇了Lady Gaga。Natasha覺得自己在看一場荒謬的青春愛情電影，她好整以暇地拿著自己的香檳，慢慢地喝著，覺得自己沒白來，這一切太有意思了，哈哈。

　　正在享受這史上最有意思的場面時，有個聲音叫住了她：「小姐，我方便加入妳嗎？」

　　Natasha抬頭，看見一位高大英俊（誰不是呢？）的男子，空中顯示他的名字叫強哥，Natasha笑了出來：「你好，強哥。」強哥挑起了眉毛：「為什麼妳一看到我就笑？」Natasha：「因為你居然沒有取英文名字？太可愛了！」

　　強哥被鼓勵了，「想不到這也是個優點，謝謝妳啊！但是，這麼漂亮的妳為什麼遠遠地看戲？而且一直處在閉鎖模式？」

　　Natasha本來想據實以告，但她突然驚覺防人之心不可無，於是隨口就說：「我腿痠，想坐一下。」

　　強哥接受了這個顯然是推託之詞的回答，陪她一起坐下，單刀直入地問：「妳玩『約約』多久了啊？」Natasha冷靜地想著答案：「一陣子吧，但我都是在看，還沒有真正加入……那個，你知道的。」

　　「嗯，我想也是，因為顯然妳對我的出現並不興奮，也沒有讓我看到妳的性愛力指數，妳的防衛心很重誒。」Natasha尷尬地笑了笑，「或許我也還在等對的人。」

　　強哥聽到這句話，突然止不住地大笑：「小姐，妳真的來錯地方了啦！誰來這裡談戀愛？直接找個性愛戰鬥力超過一千分以上的，然後開始那個就對了！千萬別找低於三百分的，不是新手就是……時間太短或技巧不好，妳會覺得回家找按摩棒還差不多勒。」Natasha心裡想：「我只想找到Hunter・S。」

　　看到她沒接話，強哥覺得可能沒戲，站起來準備離去，但又覺得這個女人挺有意思，乾脆告訴她：「妳可以

直接去排行榜上看看，那裡有前二十大猛男，如果他們肯和妳『約約』，並且給妳評分很高，妳也可以進榜，還可以賺取許多金幣，能去很多好餐廳，也能有更多不同的體驗喔！」說完，對她眨了一下眼就走了，哇，強哥的戰鬥力有一千八百分！

　　Natasha望著強哥的背影，開始有些調皮了起來：「我是不是錯過了什麼？」算了，任務重要，她立刻問系統：「能給我看看男性排行榜嗎？」

　　只有前二十大，還不算難找，令她驚訝的是，前二十大都是超過五千分的，榜首還超過一萬分，不可思議！

　　榜上並沒有看到Hunter‧S，某種程度上，可欣好像原諒了海寧：「至少，他沒有玩得太離譜……」不過，她突然想到了什麼：「系統，請問還有其他的排行榜嗎？」

　　「有的。」系統立刻列出一大堆排行榜：

　　戀愛高手榜

　　努力不懈榜

　　回頭率最高榜

口手並用榜

快槍俠榜（這份榜單為最高機密，必須額外付費）

……

…………

「他是誰？」榜

「『他是誰？』榜？什麼意思？」

系統回答：「就是除了令人喜歡、想念、一試再試之外，還有某種過人之處。不單單指身體的能力，還包括個性、談吐、魅力等等，足以令人好奇到想進一步認識，甚至想認識真實生活裡的他，這樣的人被玩家們視為珍寶，簡單說，就是用生命在經營他在『約約』的口碑。」

「這麼認真，系統會頒獎喔？」Natasha調侃地說。

「會，各個排行榜的榜首都有年度大獎，最大獎便可為所欲為。」Natasha被這四個字震驚了：「為所欲為是？」

系統解釋：「為所欲為是指男性對女性，不過，僅限於進一步簽署同意書的女性玩家。」Natasha瞪大了眼

晴：「簽下同意書『被』為所欲為？」

「是的，解讀正確。」系統繼續溫柔地說：「這樣可以避免法律糾紛。」Natasha深深地吸了一口氣。

原來，眼前的酒池肉林只是慾海無涯的一小部分。

舞臺上的泳裝秀開始了，而舞臺下，獵人也開始目光遊走，挑選自己的目標。

俊男美女的臉龐就算是虛擬的，那眼神裡透出的獸慾和渴望，卻是真真切切。

身體直接的碰觸，甚至一個溼吻的試探都只是打招呼。在這裡的人們沒有道德禮教的束縛，每個人都知道彼此沒有底線、沒有界限、沒有包袱；誰不是來這裡解放，誰不是來這裡完成那些只有在暗夜裡才被潛意識偷偷釋出的綺夢？

可欣想起了電影《香水》裡的大型性愛場面：一時之間，男男女女的舌頭與手臂如滑蛇般遊走，大腿敞開如聖殿歡迎千萬信徒膜拜，已經分不清誰的臉在誰的股間、誰

的嘴又在吸吮著誰的雙乳。可欣突然覺得窘，她不知道自己為什麼踏入這樣的禁地，另方面又驚訝於自己的眼睛離不開眼前驚人的性愛場面，且身體竟然也躁熱了起來。此時，系統在空中亮出了提示：

性愛戰鬥力之王目前被三位美女纏繞，其中兩位美女給了五星好評，另外一位明顯被忽略。

人群中，系統將畫面聚焦在一位身材壯碩的男性身上，很顯然，他就是性愛戰鬥力榜首，他的上方驕傲地秀出自己的名字，Antonio，旁邊的分數不斷飆升。在數字快速滾動的一旁，還有一列不斷滾動的名字。

「請問系統，那些名字代表什麼？」

系統回答：「代表排著隊想跟他『約約』的女性。」

哇嗚，戰鬥力之王像是行走的荷爾蒙，一個女人剛剛癱軟，另一群女人便撲上。而那王像是渴了千年、餓了萬年，來者不拒，一一品嘗。

同時在空中出現的還有其他排行榜，一些新的名字不

斷跳出：

　　　Daniel、Louis、Ben、Peter

　　名字旁播放著他們下身賣力抽動的畫面，彷彿來到了種公拍賣會。

　　突然，一個名字抓住了Natasha的視線：

　　　Hunter・S

　　終於找到了。

　　她急急地站起身，鎖定那個名字的出現區域，眼睛快速地搜尋。淫聲浪語中，男女裸體交纏起伏，她不知道哪一張臉才是Hunter・S，於是她繼續往前，不顧自己已經進入集體性愛的中心區，空氣中傳來的氣味夾雜著汗水唾液和體液，那是一種血腥鐵鏽味混合了人體皮膚深層的肉味，Natasha又看到Hunter・S的名字，後面還有一串提示：

　　　他已經成功滿足了三位女性。

　　系統顯示了每個人的紀錄和戰功，才剛剛顯示完，便看見一名男子從一個欲仙欲死的女體抽離，他帥氣地撥弄頭髮，將自己的褲子拉上，前仆後繼的女體顯然不想放過他，紛紛撲上，舌吻他的嘴、舔他的耳、他的奶頭，甚至想要扒下他的褲子，此刻的畫面Natasha覺得只有生吃活人的殭屍電影能比擬。

　　她與他只有幾公尺的距離，她看見了他的滿足和意猶未盡，如果不是礙於體力，感覺還想大戰三百回合！但他似乎有點累，不管那些掛在身上的渴求，走向吧檯點了一杯酒，靠著吧檯休息。

　　待他轉過身來，Natasha才清楚看到他的長相：一個白人、金髮碧眼、有點電影明星Brad Pitt的魅力加上Bradley Cooper的頹廢，當然，剛剛沒看見的下半身應該也是西方人的尺寸。

　　一不小心，他們兩人對上眼了，Hunter・S盯著她看，因為他發現她一直看著自己。

　　他應該在休息狀態，所以只懶懶地拋過來一個微笑，而Natasha則是面無表情，既不興奮也不挑逗，沒有批判也不想參與。

　　她不願意去相信這一切，暫時地，她只能把眼前的畫面設定為遊戲。它本來就是一場遊戲，不是嗎？但這遊戲太過真實，每個玩家的身體、肌肉、毛髮、呼吸喘息聲、大汗淋漓，又伴隨著高潮時痛苦與歡愉的表情，沒有人在乎這是真還是假，大腦放空、身體放縱。

　　Natasha鼓起勇氣走向吧檯，點了一杯水，身旁的Hunter・S向她搭訕：「美女妳好，來這裡只喝水？不想點一些刺激的？」

　　Natasha看著他的臉，仍然不發一語。Hunter・S覺得無趣便不再說什麼，但才一轉身，一個紅髮辣妹就纏上了他的身體，一邊舌吻他，一邊伸手入褲襠，嬌喘地說：「總算找到你了！想死我了。」

　　不待Hunter・S發言，紅髮魔女就脫下他的褲子，用力吸吮著他的陰莖，她吞得很深，深到有幾口幾乎要發出

嘔吐的聲音，Hunter・S享受著這一切，偶爾喝一口酒，偶爾抓著紅頭髮看著她狂野的表情。Natasha就站在他們旁邊，假裝冷靜地喝著水，其實一直透過玻璃杯偷看身旁這兩人的戰況。

　　紅髮魔女相當專注地舔著吸著吃著，Natasha想起自己上一次也這麼享受是在一個熱狗堡上的番茄醬快要滴下來時，急忙用嘴接住，然後立刻含著大熱狗，讓醬和熱狗能夠一起入口。

　　那嘴唇吸住熱狗的聲音，跟現在聽到的差不多。Natasha繼續喝水，一口接一口。

　　身邊的這對男女越來越忘我，Natasha不知道該不該介意這個叫做Hunter・S的男人其實是她的老公海寧，如此沒有羞恥心地在與野女人做愛。但他的臉他的身材甚至他的陽具都不屬於海寧，看起來全然是個陌生人。嚴格說起來，這並不是海寧，但是，又的的確確是海寧的靈魂、海寧的意識，也是他在享受著啊！

　　身邊的男人突然痛苦地皺了眉，然後從他的喉間發

出了一聲低吼。那是海寧高潮時的反應，Natasha氣急攻心，將杯子裡剩下的水潑向男人的臉，然後下線。

　　黑暗的房間裡，可欣脫下感應衣，覺得又氣又累。今天晚上經歷目睹的一切已經超出她的理解範圍，也超過她的忍受極限。她覺得混亂，覺得憤怒，覺得自己彷彿溫室的花，不了解叢林的野蠻生長。

　　她走向廚房，想喝一杯水。經過書房時，聽到海寧大罵了一聲「Shit!」

　　她知道為什麼。

　　她還是給自己倒了一杯水，慢慢飲下。海寧從房間衝出來，本來漲紅的臉因為看到黑暗中的可欣而變得一陣刷白：「嚇我一跳！妳怎麼會在這裡？」

　　可欣靜靜地喝著水，冷冷地望著他，眼珠因為書房裡的光線投射而在一片漆黑中炯炯有神，看得海寧不自在了起來。可欣拿著玻璃杯繼續喝水，盯著海寧，那眼神讓他覺得有點熟悉，然後感到，不寒而慄。

第06章

　　可欣又來到時光雲。

　　每當她需要靜一靜，又或者說，她需要整理自己的思緒或磁場時，唯一想到的地方，就是這裡。

　　她坐著品嘗一杯咖啡，然後聽著那些屬於她年代的歌曲。今天，伴著咖啡香的是辛曉琪的歌聲〈在你背影守候〉，歌裡寫的是有點無奈的情感。


　　我要如何面對你

　　覆雪的容顏

　　用我的臉

　　用我的眼

　　還是我的淚

　　我的惆悵喜悅

　　隨著你起伏盤旋

　　你的愛

　　是我最後的心願

可欣在這樣的氛圍裡覺得放鬆，心裡那種很悶很堵的感受也越來越清晰，她想找個人聊聊，卻又不知道跟誰，或是從何說起。

長咖啡桌的另一頭坐著一對老夫妻，他們頭靠著頭，手握著手。以往可欣看到這樣的畫面都會很感動，但今天，她只覺得疑惑：到底是什麼樣的力量造成這樣的白首偕老？她打從心裡覺得不可能，因為人性的喜新厭舊，也因為男女構造的不同。

或者，因為人類的生命有限，愛情才存在。

更何況，經歷過婚姻的人都知道，那是一座圍城、一座墳墓、一個甜蜜的迷宮。所有那些婚禮上的祝福都彷彿是明知你要過奈何橋的悲禱，而那些狂歡豪飲，似乎是最後盡情的放縱。

兩個朝夕相處的人很難不看見彼此的缺點，更難不察覺到彼此卑微的軟肋。比如發覺原來一個偉岸的男子貪生怕死，或者富可敵國卻斤斤計較到俗不可耐，又或者當初你最欣賞他的部分恰恰是他根本不具備的，一切都只是他

浮誇表面的偽裝。

　　有時候在兩個人都面臨自我實現時，一方自私地屏棄了另外一方，從不彌補，也從不認真地面對對方的失落，那種無助的冰冷感，是當你發現一個當初口口聲聲說要守護你、愛你一輩子的人，所做出最殘忍的事。

　　兩個人太熟悉彼此了，就因為熟悉，居然能在對方淌血時視而不見，那種油然而生的怨懟，比你的敵人傷害你更深。

　　可欣記得大學剛剛畢業時，她順利地進入一家電視臺當新聞部助理。雖然工作內容以打雜訂便當為主，但她總會在整點新聞播報完後，將所有新聞稿整理歸檔，再將自己電視臺的新聞與友臺的做比較，看看有什麼不同角度，或是有什麼隱藏的新聞點在裡面。就因為這個努力的態度，她居然很快獲得了採訪的機會，雖然是民生娛樂線，她也忙得不亦樂乎。

　　那時還在當兵的海寧偶爾放假回來約不到可欣，還會

口氣酸溜溜地說：「大記者，要不要採訪一下無聊的阿兵哥？」

可能是聚少離多，海寧的不安全感與日俱增，在一次約會可欣又因工作遲到後，海寧氣呼呼地傳了簡訊：「妳忙。我們一點都不重要。」

可欣嚇得急忙賠罪，但海寧氣得直接回部隊。

兩個人再見面時已經又是一個月後。

可欣親自下廚燒了海寧最愛吃的菜，變得又黑又瘦的海寧也因為禁不住想念，給了可欣一個大大的擁抱，「我們不要再這樣分開了，我好想妳。」說完，還哭了起來。

可欣覺得眼前這個大男孩變得好小好小，變得好需要她，好需要她的關愛。她在他耳邊說：「一切都會好好的。希望你每一天都好好的。」

可欣沒說出口的是，新聞部想要委派她重任，培訓她跑社會線或政治線，一年後如果表現良好可以先從晨間新聞主播做起。如果她接受了，代表得隨時待命，而且私人時間只會越來越少，可欣猶豫著。

　　海寧哭完了，抬頭看她：「妳不是因為很喜歡文學，本來想去出版社工作的嗎？怎麼現在喜歡上這麼沒日沒夜的工作？」

　　可欣不知道如何解釋起，海寧繼續說：「我快退伍了，我們……要不要住在一起？」可欣被那脆弱的表情吸引，著了魔似地答應了。

　　沒多久，他們同居了。可欣的學長剛好在一家出版社工作，亟需編輯人才，再加上薪水還不錯，又能正常上下班，可欣便辭去了新聞工作，變成了朝九晚五的上班族。她想，這樣應該能多些時間和海寧相處，那個偶然踏進的新聞圈，雖然帶給她學習成長的機會，但出版業也是她的夢想，如果能兼顧工作和愛情，那就這樣吧。

　　退伍後的海寧很順利地進入金融界，一開始的薪水當然不會高，而可欣天真地以為，銀行下午三點半關門，那麼他們就可以有大把的時間在一起。不料，銀行必須在關門後抓帳，少則八點，久則十點後才能下班！又因為海寧的公司是日商銀行，就算遲到早退一分鐘，都要向每一個

同事彎腰道歉。

這下，換可欣獨守空閨。她一個人待在小屋裡，想著自己放棄的機會，是多麼地不值得。

終於，她忍不住向海寧爆發，而海寧長久以來的壓力也藏不住了。

可欣直指問題的中心：「為什麼以前我工作就不行？你工作就可以？」

海寧面紅耳赤：「妳現在要跟我算這個？妳知道我壓力有多大嗎？」

可欣想著自己失去的機會：「如果不是當初你要我轉換跑道，我有可能已經是主播了！」

海寧越來越大聲：「妳現在也可以在家播啊！不是滿街都是直播主嗎？」

可欣氣瘋了，「沈海寧！你到底懂不懂啊？我說的是新聞主播！不是直播主！！！」

「我不懂！我只知道妳在我工作剛起步的時候不支持我，在我每天都睡不飽、精神壓力大到快死掉的時候還吵

著我不陪妳！！」

　　兩個人第一次爆發這麼大的爭執，海寧丟下一句話，摔門離去：「如果妳這麼自私，我們就分手吧！」

　　可欣被摔門聲氣到不行！當然，她也覺得海寧才是那個自私又可恨的人！

　　她坐下來，看見電視上正播著新聞，而那個新的氣象主播，是她以前的助理。

　　她覺得不舒服，開始頭暈、想吐。她爬到馬桶邊吐了出來，一直嘔，一直嘔，吐出今天的晚餐、吐出膽汁、吐出這些日子以來的委屈，吐到頭皮發麻。

　　後來，他們還是和好了。因為多年的感情，因為畢竟還是相愛的，因為，可欣懷孕了。


　　生下大女兒時，夫妻兩個人都覺得生活如意美滿、漸入佳境，因為女兒乖又好帶；運氣更好的是，他們家隔壁就有一個保姆。

　　當時夫妻倆的工作都正在起飛上升，海寧的銀行升他

做副理，在出版業工作的可欣也獲得老闆賞識，升上了主編。那時候他們還能偶爾有空帶女兒去公園散步，或者請個年假去峇里島，一家三口悠閒地晒著太陽、吹著海風，可欣一點也感覺不到，婚姻有那些過來人說得那麼不堪。

　　好景不常，可欣懷第二胎時，隔壁的保姆搬走了，再加上電腦時代來臨，讀紙本書的人越來越少，出版社不得不裁員，留下來的可欣工作量驟增，常常拖著大肚子加班，大女兒的托嬰班也只能托到下午四點，可欣這樣兩頭燒終於累出病來。有一天，她請病假在家，自己已經頭暈目眩，又雪上加霜地發現女兒也發燒了，身邊一個幫手也沒有的可欣只能打電話向海寧求援，電話響了好幾次都沒人接，隔了一會兒，海寧才回了個簡訊：「忙。」

　　女兒越哭越大聲，可欣六神無主，她想抱女兒去醫院，怎料才一起身就哇啦哇啦吐了滿地，又酸又臭的味道瀰漫整個房間，女兒粉嫩的小臉和枕頭上也濺到了一些，可欣急忙想去擦拭，卻不小心踩到黏滑的嘔吐物摔了一跤，下腹和臀部疼痛難耐，手機又在床上，而她則坐在自

己的嘔吐物裡。

　　她看見穿衣鏡中的自己，肥胖臃腫，頭髮油膩地掛在布滿抬頭紋的額頭，過去被大學同學譽為Ｔ大第一美腿的那雙腿，如今因為過重的身體而青筋暴露，然後空氣中炸開的是嬰兒淒厲的哭聲，和可欣終於受不了的尖叫聲。

　　不知道過了多久，嬰兒終於哭累了，可欣也終於克服了跌倒的疼痛，緩緩撐著床沿爬起，認命地看著滿目瘡痍，然後走到廚房去拿抹布和拖把，開始收拾這一切。

　　嘔吐物是很難清潔的。

　　你必須一次又一次用抹布聚攏那些黏滑的未消化物，一次又一次地把抹布拿去清洗，而在清洗的過程中，你的手還會不斷地接觸到這些嘔吐物，確認它被沖洗乾淨，確認抹布上的黏稠感已經消失，然後回到原地，再一次「吸收」那些黏稠，然後再洗乾淨，如此周而復始，直到你的手和你的鼻息已經充分地與嘔吐物融合，再也分不清是否仍有酸臭味為止。

　　可欣覺得那黃黃綠綠的潑灑，像極了她捉襟見肘的人生，一波未平，一波又起。她開始懷疑自己怎麼走到這一步的，一個T大中文系畢業的高材生，本來有機會成為主播或到美國進修文學，因為懷孕，從此她的人生急轉直下。她彷彿看見史丹佛的大樹和走廊，莎士比亞的十四行詩還在耳邊，夢一醒，她卻坐在奶粉尿布堆裡，每天為著孩子大便的量與顏色開心或煩惱。過去看著雨天可以寫詩，現在雨天只想到孩子的口水巾已經不夠用了還這麼潮溼，真令人著急。

　　那個晚上海寧回到家時，居然沒有發現可欣的異狀，仍然叨叨絮絮地說著白天公司裡發生的事，抱怨同事闖下的禍，抱怨自己沒時間去健身房，累得像條狗，「還是條身材漸漸走樣的狗，哈哈！」坐在對面的可欣面無表情地吃著麵包，一個接一個，用一種鯨吞的方式，彷彿想吞下所有的委屈和不堪，怎知海寧丟過來一句：「麵包少吃一點，很胖的。」

　　空氣突然凝結。

　　可欣放下麵包，走向浴室。她脫下身上所有衣物，鏡中的身體是圓形的、臉也是圓的，鼻頭圓圓的，下巴有兩層，乳房像兩個大鍋蓋，大腿後側的那塊淤青，像極了他們一直想去的國度——義大利的地圖，一支長馬靴，青青紫紫的長馬靴。可欣覺得自己像是經過合格認證的繁殖場動物，臃腫癡肥，腿上還蓋了一個長長的印章。

　　海寧在門外輕輕地說：「老婆，妳還好嗎？」聲音聽起來有點害怕，也有點擔心。可欣想把自己低落的情緒拋開，怎知海寧在門外說了一句：「女兒哭了喔，妳趕快出來餵她，我今天還有些報告要整理。」說完，人應該就是立刻躲進書房了，客廳無聲無息。

　　可欣循著哭聲走進嬰兒房，女兒哭得臉都漲紅了。她抱起女兒，溫柔地安撫她：「乖喔，乖喔，不哭了不哭了⋯⋯」

　　可欣一手搖著哭泣的嬰兒，一手開始泡奶。放五匙奶粉、倒溫水，奶瓶不能上下用力搖會有太多氣泡，孩子喝了會脹氣，用手背試溫，然後再放進女兒的嘴裡，終於，

世界恢復寧靜，可欣也累了，把孩子放在胸前，想好好地睡一覺。

才閉上眼，海寧的手機響了，可欣怎麼叫海寧都沒回應，聽著電話響聲是沒人接絕不善罷甘休的那一種，她只好抱著嬰兒起身，把海寧的手機拿進書房。

門一開，她發現海寧正戴著耳機打電動，可欣二話不說，把正在喝奶的女兒放在書桌上，甩門而去。

「可欣，妳怎麼又在這裡啊？」可欣頭都不用抬就知道是林太，痛苦的回憶被打斷，也算是救贖。她禮貌性地用往常的微笑回應：「好巧，妳也喜歡這裡？」

林太關心地打量著：「可欣啊，妳是不是沒睡好？妳在發什麼呆啊？」可欣無力反抗，只有苦笑了一下。林太繼續用神祕的神情壓低聲音：「妳知道坐在妳對面的是誰嗎？」可欣雖然好奇，但也不敢在此時看著那對夫妻，只好尷尬地緊緊盯著林太搖頭：「我不知道……妳可以小聲一點嗎？」

　　林太意識到自己確實有點大聲，索性把可欣拉到更遠一點的沙發區，「或許妳沒注意過，他們很有名啊，他們是住在Ｆ棟的陳先生陳太太，因為他老婆臥病在床多年，已經是植物人的那種⋯⋯」

　　可欣看著這對老夫妻：「所以，他太太病好了？」

　　林太太噗哧一聲笑出來：「哎呦，妳怎麼那麼單純，妳沒聽過FAMILY？」

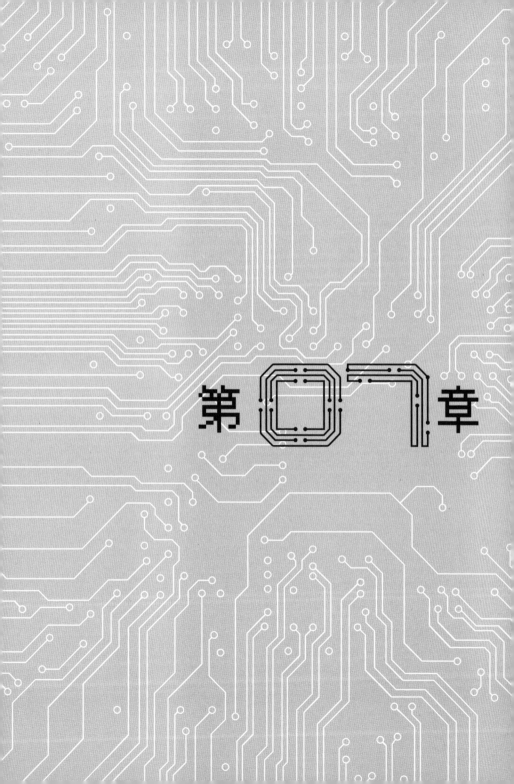

第07章

FAMILY，最新型 AI 機器人，簡稱 F1。這一型的 AI 機器人開發其實一直是祕密進行的，因為輿論、法律都尚未通過，所以負責開發的 IAI 只能讓少數核心幹部參與。

負責人胡志揚覺得有廣大商機，雖然他的學弟業務部黃經理常常擔心受怕，但也在研發過程中慢慢被說服。

「Kevin，你想，人一直是很寂寞的。我們要的並不是一個冰冷的機器人照顧吃喝拉撒，我們要的是有意義的陪伴。」胡志揚話才落地，Kevin 就幾乎被說服了。

「每個人都寂寞，你看看老人家為什麼常常被騙就知道了。人活了一輩子，從被照顧的孩子到長大自主獨立，睜開眼都有目標、有欲望要滿足，活在群體裡、家裡、學校、公司團體裡，都有人要求你、需要你，或者證明你存在的價值，不管是自體的成就滿足或者成為團體的一部分，你都覺得被看見、被尊重。一旦老去，除非手中握有大筆遺產，否則就像消失一樣，沒人想理會一個家具般的角落生物，沒人想聽你說什麼，沒人在乎你的感受。」

　　一開始，胡總想到的是老人照護，沒料到女性事業部和市場上的探子回報，居然有好大一筆商機是針對寂寞的家庭主婦，又或者說是不被聆聽和不被在乎的族群。

　　F1是比照護還要更先進的AI學習機器人，可以經由日常生活的反覆操作和經驗累積，不斷修正和精進學習。最關鍵的是，它可以輸入一個家庭裡某個成員的大數據，進而，成為生活在一起的家人。

　　原先胡志揚想到的只是彌補失去家人的空缺，但當他開始意識到，或許有些家人存在，但又不存在時，這確實是一個挑戰人倫的最大禁忌。

　　你的失能家人能被取代嗎？你的失蹤家人能被複製嗎？又或者，你懷念的是過去記憶中的家人，而不是現在身邊真實的家人，他們又能被複製嗎？

　　「我們得做一些實驗，一些真實生活的實驗，看看會發生什麼事？」

　　聽到這裡的Kevin開始有些擔憂，這樣正常嗎？會發生什麼後果？

　　胡總繼續闡述他的論調：「你知道那些新聞中的人倫悲劇？不孝子弒親、夫妻失和互砍、憂鬱症父母帶著孩子燒炭自殺，難道你不覺得如果其中那個失控的親人能及時被代換掉，悲劇是可能被避免的？」他換了個坐姿，繼續說道：「或許不要說得這麼嚴重，就說是空巢期的父母想念自己的孩子，訂製了一組機器人孩子在身邊陪伴。或者單親媽媽上班趕不回家做飯給孩子吃、陪孩子做功課，又怕單親的孩子被霸凌，訂製一個相同樣貌的機器人丈夫，將他的個性去蕪存菁，這樣不是彌補了原來的缺憾？皆大歡喜？」

　　核心幹部們都聽過這番論調，暫時沒人能反駁，況且，一切都還在研發階段，於是大家也抱著好奇心期待著下一個階段會發生什麼事。

　　「學弟，其實我們已經有幾個案例在著手實驗。但最近，我們要更大膽地嘗試一下了。」胡總壓低了聲音，貼近Kevin，告訴他下一步的計畫。

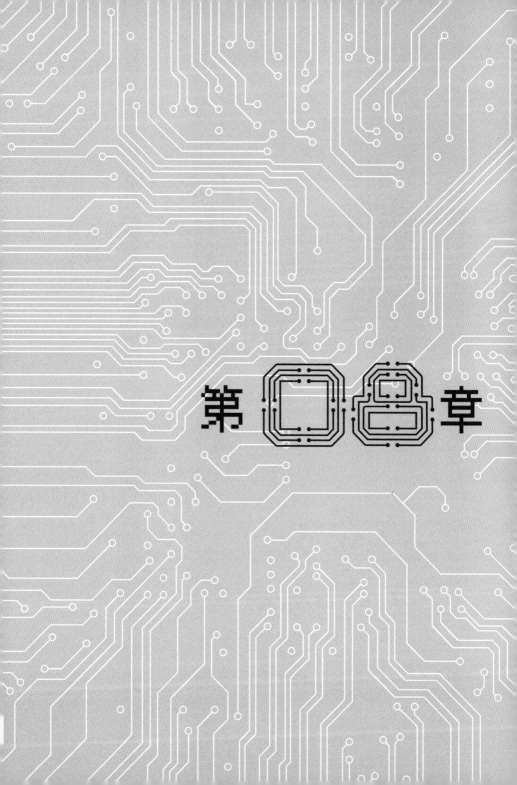

第08章

　　今天是可欣的生日，她替自己買了最愛的食物，也準備了自己愛吃的冰淇淋草莓蛋糕，因為她不想再空等待——之前確實發生過全家都忘了她的生日，當然也沒有買蛋糕，而海寧臨時衝出家門去買回來的，大多是烘焙店裡存放即期的，吃起來粉粉乾乾的，冰凍過度，好好一個生日卻被那極差的口感提醒自己的不受重視。

　　這些年，可欣已經學會把願望縮到最小，不麻煩家人、不奢望他們記得自己的生日。自己準備好一切，吃完晚餐後自己點上蠟燭，再「請」家人過來幫她唱一首短短的生日快樂歌，然後自己切完蛋糕，一塊一塊分好，端給忙碌的他們吃。

　　今天也不例外，可欣燒了最愛的三道素菜，再加上一道排骨海帶湯，打算好好享用。

　　孩子們陸續回來了，看了一眼桌上的食物，做了個噁心的表情：「吃素？出家喔？」逕自打電話叫起了漢堡外賣，然後頭也不回地進了房間。可欣習慣了。她試著等待老公，看看是否有奇蹟出現。

突然，電腦跳出了一封邀請函：

今晚約約有頒獎典禮！歡迎您的到來！

哇！這個遊戲真會搞，頒獎？姦夫淫婦也能走星光大道？可欣好奇地打開信件，裡面還附上了得獎名單，她快速地掃了一眼，Hunter·S赫然在列，而且還得了兩個獎！「最佳人氣」和「他是誰？」獎，可見他引起的關注和好奇，也可見他表現得有多好。

可欣因為在「約約」裡沒什麼「表現」，也不是頻繁使用的用戶，所以收到這封信的時間也未免太晚，至於Hunter·S？應該早就準備好要出席了。

果不其然，三分鐘後，海寧傳來簡訊：「親愛的老婆，今天加班，晚一點回去，想妳。」

可欣並不覺得難過，也不覺得自己料事如神，關於自己在家裡的地位，哦，應該說沒有地位這件事也不能說是習慣，只是情緒早已沒有什麼起伏，哀莫大於心死而已。

她連哀悼的興致都沒有。靜靜地滑開手機，點選了那

天林太傳給她的連結：

最新科技FAMILY 21！21天體驗機會來了！前21名完全免費！

她看都不看那些同意書條文，直接拉到最下方，勾選同意，然後頁面跳出了一個問題：「您需要複製家庭全部成員嗎？請填寫人數。」

可欣毫不考慮地填寫了：三人。

接著，頁面跳出了另一題：「請問您和您家人的社群媒體帳號，以利作業。」

可欣把所有知道的都給了，包括他們曾經讀過的學校、待過的公司、打工的地方、辦的會員卡、家庭聚會影片⋯⋯

下一題：「為了更完美地製作您的FAMILY，請您儘可能地提供家人的各種資訊和不同角度的照片，以及您希望的FAMILY年紀。」

年紀？這倒是可欣沒考慮過的問題⋯⋯那麼，不如

就回到那個孩子最可愛的年齡吧，可欣填上：「女兒：八歲，兒子：六歲。」這是他們都能自行上廁所，言語中仍有童真的年紀。也是他們抱著媽媽說離不開媽媽，母親節還會畫卡片的年紀。

「您的配偶希望年紀？」

海寧？當然是現在的年紀嘍，因為可欣很想看看海寧看到這整組FAMILY的表情。

「請問您希望的送達時間？」

可欣想了想，就從下個月的第一天開始吧，她填好日期，送出申請。突然，頁面又跳出一行字，她正覺得要填的資料有點多時，才清楚看見那行字：「根據資料顯示，今天是您的生日，祝您生日快樂。」

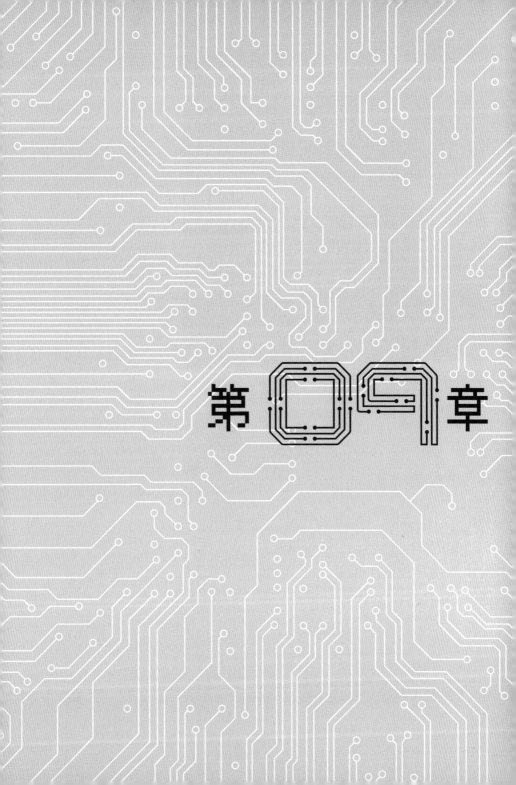

第09章

　　那天風和日麗，藍天裡只偶爾飄過一朵朵小巧可愛的白雲，可欣洗好了衣服，本來要晒，但是門鈴響了。

　　透過監視器看到門外站著三個人，可欣本來覺得疑惑，但又覺得眼熟，門一打開，她才驚覺：「哦！是你們……歡迎歡迎，不好意思，我以為你們會是……」可欣正在想要怎麼措辭，Ｆ海寧開口了：「妳原本以為我們會被裝在紙箱裡運送過來？」看見可欣臉紅，Ｆ海寧立刻道歉：「不好意思，我開玩笑的啦！」

　　嗯，幽默指數70％，善解人意指數85％，可欣覺得當初輸入這個比例還不錯。「妳好，可欣，我們是你的家人。」Ｆ海寧慎重地介紹。

　　兩個孩子開心地衝上來抱住可欣，「媽媽，妳好香！媽媽，可以吃炸雞雞嗎？」弟弟小時候講話就是這個樣子，總是愛講疊字，重複語尾，所以這個炸雞雞的笑話也在家裡笑了好久。

　　Ｆ姐姐一臉懂事的樣子，拉住Ｆ弟弟說：「不要讓媽媽太累了，我們先看看要幫媽媽做什麼事。」

是的，姐姐從小就像個小大人一樣懂事，可能因為想做弟弟的榜樣，也可能覺得自己有可以管教的對象，所以總是自制自律。

F海寧聽到洗衣機有提醒聲音，「需要我們一起來晒衣服嗎？」可欣愣了一下，「對欸，我都忘了，那就一起吧。」

我們一起。

這四個字是可欣好久沒聽到的，我們一起。

以前的生活就是這樣的，自從可欣在懷第二胎時跟海寧翻完臉後，海寧確實意識到自己應該多分擔家裡的事，所以也洗心革面，跟換了個人似地，不僅主動洗碗洗衣買菜，陪著每次產檢，還跟公司請滿了育嬰假。那段日子雖然讓夫妻倆體力透支睡眠不足，但卻是可欣最幸福的一段時光。

現在，一家四口又可以一起晒衣服，可欣忍不住紅了眼眶。

　　Ｆ海寧偷偷塞了張衛生紙到可欣的手裡，然後小聲地在可欣耳旁說：「如果我們做得不好，要告訴我們喔，不然我怕要跪鍵盤！」

　　可欣笑了，邊笑邊抹去眼淚。她好像想到了什麼，卻欲言又止。

　　Ｆ海寧看出了什麼，那個可欣的「想到了什麼」，於是他假裝輕描淡寫地說：「我們可以是最好的朋友，就這樣而已，就像姐妹淘、像閨密，妳需要我的時候，我一定在妳身邊。如果妳需要我出門上班，我除了沒有辦法給妳薪水，其他都可以假裝。假裝出門、假裝很忙、假裝今天加班、假裝我有女同事在跟我曖昧……啊，這樣會不會太超過？」

　　可欣看著他好看的側臉，想起了那個在海邊向她奔來的少年，那樣的青春陽光，總是逗她開心，總是跟她有說不完的話。

　　「哈囉，有人在嗎？」Ｆ海寧打斷了可欣的思緒。

　　「哦，不好意思，那個，當然，我們先當好朋友，不

是，我們就一直是好朋友，沒問題的。」

　　看來，F海寧猜中了可欣苦惱的問題。「還有啊，我們考慮到家裡空間可能不夠，所以，我們是會『下班』的。也就是說，我們不留宿，除非妳要求。」

　　可欣吞了一口口水，當初自己是很衝動地訂下FAMILY，諸多細節都沒想清楚，IAI不愧是大企業，這些細節都很人性、很貼心。

　　「不過，有一個問題想冒昧地請教妳……請問妳已經告知妳的家人我們要來嗎？」

　　F海寧定定地望著可欣，可欣嘆了一口氣：「說了，孩子們沒什麼反應，至於我老公，他說……」

　　F海寧看出她的猶豫，「妳可以修飾一下再說，不過，我也不怕傷心，來吧！」邊說還邊做出一副準備好打擊的樣子，可欣實在太喜歡這個機器人了。「聽好了喔，我老公說，他挺好奇，你，會不會跟他一樣帥？」

　　「哈哈，他一定沒料到，我的帥度也可以調整，在妳面前是100％，在他面前我就調降到50％，這樣他就不會

覺得被威脅了。」

　　可欣好奇地問：「怎麼容貌不是AI擬人仿真嗎？」F海寧說：「一樣啊，妳難道不覺得自己有時特別美？那些讓妳容光煥發的時刻？見到喜歡的人時、有自信時、看到美好景色或漂亮的甜點時？」

　　也對，人類真是相當奧妙的動物。

　　其實，可欣不是沒有擔心過老公的反應，只是後來海寧發現自己居然忘記老婆生日，而老婆又是在生日當天給自己訂購了整組FAMILY，他也只能摸摸鼻子算了。但他還是好奇地問道：「那個機器人沒有……沒有性功能吧？」

　　當時可欣翻了個白眼，覺得男人怎麼只關心這個，沒好氣地回答：「你應該知道我現在最不需要的就是性！」

　　海寧沉默了。是的，他們夫妻倆是怎麼走到這一步的，想來他們自己也不太清楚。以前的激情居然被磨光了，磨得一點也不剩。是因為生養小孩的疲累？還是生活裡漸行漸遠的價值觀？又或者是千篇一律的公式化做愛？

　　過去那些纏綿悱惻，以為只要一個耳語便能全身起雞皮疙瘩，以為只要一個撫摸就能瞬間銷魂，以為彼此是永不消磁地吸引著對方，誰知也會漸漸淡去。

　　「好吧，那就只能放在家裡 21 天喔。」海寧答應了。可欣不知道自己算不算是騎虎難下，她其實不是真的要什麼替代品或是陪伴，她要的其實是家人的注意，或者只是對她稍微的操心甚至生氣。結果，看起來孩子們和老公都沒什麼反應，只是把即將來到家裡的FAMILY當作是高階的機器人，像是家裡的電器或者線上遊戲。

　　F海寧繼續問可欣：「那麼，男主人何時回家？」

　　可欣笑出來了：「會怕喔？」

　　F海寧聳了聳肩：「反正我聽妳的，妳要我走人或是為奴為僕都可以。」

　　可欣不想再這樣捉弄他，「好了啦，說得這麼可憐，海寧出差去了，應該一週後回來。所以，他覺得有你在家裡，也有個……男人可以照應。」

　　F海寧露出調皮的微笑：「妳剛剛是想說，有個機器

人可以照應對吧？」

　　可欣忍不住笑開了，「好，我的家人，我知道你很屬害，很會接話，但是……」可欣露出小嚴肅的表情：「如果在我們的相處中，有任何對你和小朋友的不尊敬，請你包涵。」

　　如果沒有看走眼，可欣居然在Ｆ海寧的臉上看到了一絲感動和感激，這真的出乎可欣意料，AI機器人的人性數據居然如此細膩，看來，他真的會是一個可以談心的好姐妹。

　　Ｆ姐姐和Ｆ弟弟幫忙把衣服晒好了，Ｆ弟弟又再度撒嬌，「媽媽，我們來玩『狼人真言』好不好？」

　　那是孩子們小時候最喜歡的桌遊，一種猜謎遊戲，年幼的弟弟在當村長（選謎底者）時，總是禁不住大家的猜測，自己一不小心就把答案說出來，全家人都被他的天真逗樂了。那些無憂無慮的美好時光，如今又重現在可欣面前，可欣享受著，偶爾百感交集、偶爾偷偷抹去眼淚，這樣美好的家人共處時光，可欣以為不會再有，不會再回來

了，想不到，她又置身幸福之中。

因為孩子們的年齡設定在小時候，所以，可欣有一種在夢境裡的錯覺，重返幸福，而且沒有任何擔心。不用擔心孩子們青春期的衝撞或冷漠、不用擔心老公是否覺得無聊而心不在焉，這樣一場設定好的美夢，其實也不壞。

突然，門鈴響了，孩子們回來了，可欣忐忑了起來，她擔心姐姐和弟弟會有什麼反應。

他們一進門，瞧了兩眼FAMILY，弟弟先開口：「哇賽，做得蠻像的嘛！」姐姐瞇著眼睛看著小孩們：「嗯，沒錯，你小時候就是這個呆瓜樣！」

姐弟倆又開始拌嘴，什麼屁啦大便啦在空中亂飛，然後姐姐拿出手機自拍，「酷！我可以和小時候的我拍照！」弟弟更是要求：「媽，我可以和我的迷你版一起打電動嗎？」

F弟弟認真地看著眼前的小哥哥說：「不可以喔，我要聽媽媽的話，我知道媽媽不喜歡我打電動，我不想讓她

擔心。」弟弟看了一眼媽媽，「喔，原來是妳的玩具小孩，真無聊。」說完就進房間了。

　　姐姐一直在F姐姐的頭髮裡、脖子，甚至背後找東找西，可欣看出她的企圖：「姐姐，不要這樣！」姐姐仍然樂在其中：「我就要看看她是插電還是吃電液，哎呦，皮膚還蠻有彈性的嘛。」說完還用力擰了一下F姐姐的腮幫子。

　　「姐姐，不要這樣沒禮貌！」可欣有點動怒了，姐姐愣了一下，因為很久沒有被媽媽這樣斥責，她推了推眼鏡：「媽，妳還好吧？會不會入戲太深？他們只是機器人誒！」說完就覺得自討沒趣地摔門進房。

　　FAMILY面面相覷。

　　大家都沉默了一會兒，不過可欣卻笑了，苦笑的那種，「他們很久沒有跟我說那麼多話了。」F弟弟開口：「媽媽，我們來煮東西吃吧，哥哥姐姐應該餓了。」可欣回過頭，略帶歉意，「好，你們看電視，我去做菜。」

　　F海寧搶先一步走入廚房，「我來吧，我可是很會做

菜的。姐姐喜歡芹菜肉絲、弟弟喜歡牛排和蔥油餅，對吧？」

可欣還是不放心，急急跟進廚房，看著Ｆ海寧彷彿八爪章魚似俐落地準備，刀起刀落之間，不出十分鐘，三菜一湯就煮好了。

「吃飯吧。」

Ｆ弟弟去敲哥哥姐姐的門，沒人回應，可欣堆著抱歉的笑容：「他們應該都戴著耳機上網，那個……」

Ｆ海寧拉開椅子：「妳吃，我們陪妳吃。」突然，可欣的肚子發出叫聲，再拒絕就太假了。她很快地拿起碗筷，一方面也是出於好奇，到底這一型的機器人手藝如何，Ｆ海寧期待地看著可欣吃下第一口，問：「怎麼樣？」

可欣細細咀嚼，怎麼說呢？「嗯，很精準，但是……很……好像，很……」可欣看了一眼Ｆ海寧：「不要生氣喔，就是很公式化。」

Ｆ海寧明白了。

　　他平靜地對可欣說：「這就是我們的優點，比例完美，但有時候也會是缺點，太過精準而少了人味⋯⋯妳覺得需不需要向公司反映，調整我的完美比例？」

　　可欣覺得人心真是賤啊，越求不到的越想要，得手以後又嫌棄。她開始覺得或許擁有FAMILY不是壞事，生活裡有一些變化總是能讓人感受到還活著，也或許藉由這些改變可以好好思考一下自己的人生。

　　可欣開心地享受著晚餐，FAMILY們也搶著吃，可欣好奇地想知道他們是如何消化，但又不好意思問。F海寧用眼角瞄了她一眼：「太太，任何疑問都可以上網看說明書喔。」可欣吐了吐舌頭，小聲地唸了一句：「什麼都瞞不過你。」

　　F弟弟天真地問：「媽媽，妳說什麼？」可欣往他碗裡夾菜，「沒事，快吃吧。」F姐姐在一旁撒嬌：「媽媽，幫我夾菜～」F海寧也學著F姐姐撒嬌：「媽媽幫我夾菜～～」一時之間，飯桌變成了模仿秀舞臺，大家的模仿越來越做作，可欣忍不住大笑，很開懷地笑，笑到把兩

個可愛的孩子攬在懷裡，還親暱地在他們的額頭各親了一下。

F海寧看著他們，眼神充滿關愛。

吃完飯，他們享受著咖啡和FAMILY帶來的見面禮——北海道重起士蛋糕。上次「吃」到這個甜點，是在「約約」裡的虛擬感受。而這次，竟然是由機器人帶來的真實蛋糕。

可欣雙眼發亮，她愛死這個甜點了。孩子們拿著蛋糕去電視前面吃，留下F海寧和可欣在飯桌，可欣一口一口像是慢動作似地將蛋糕送進嘴裡，很神聖地，像拍廣告一樣先閉眼，再發出「嗯～～」的聲音，當她睜開眼時，發現F海寧已經用手機拍了她好幾張相片，「看看妳自己有多滿足。」

可欣看著那些照片，覺得自己好像變年輕了，也變得更有活力。

一旁的F海寧說：「奇怪，其實妳很容易滿足，也很容易開心啊。」可欣知道他想要說什麼，「嗯，說來容

易，其實也不簡單。」

「怎麼說？」F海寧一副願聞其詳的表情。

「其實二十一世紀初就有大量研究兩性心理學的報告，不只是心理，還有荷爾蒙和心理的關聯，學術上都提出了很多促進兩性互相了解及和諧相處的方法，但怨偶仍然比比皆是，你知道為什麼嗎？」可欣放下叉子，喝了一口咖啡：「因為啊，雖然許多動作像一塊蛋糕那樣容易，但是，人類是有惰性的，凡是違反自己天性的、需要勉強去做的，都不會真心地持久。」

「比如說？」

可欣舉例：「比如有一個研究報告指出，女性分泌血清素時會讓情緒穩定，而促進分泌的方法之一是有人認真聽她說話，但是，有幾個枕邊人能做到？」F海寧認同地點點頭。

「相信你也知道，女人瞬間就能分辨對方是否在認真傾聽，或是進行有意義的對話。」

F海寧的頭部突然發出一絲絲電流聲，可欣嚇了一

跳，「那是什麼？」

　　Ｆ海寧不好意思地摸了摸頭：「抱歉，那是我們在學習時發出的聲音，我們會像人類一樣從經驗中學習，這是我們跟傳統機器人的差別，我們是ＡＩ。」

　　可欣嘆了一口氣：「或許你們高估了人類，因為人類有太多藉口停止學習，有時候，還會封閉自己，我們的大腦其實是很懶惰的。」

　　Ｆ海寧了解可欣說的，「但是，人類獨特的地方除了智商、理性，還有感性。不然，如果那種犧牲小我完成大我，或是父母對子女家庭的愛都理性算計衡量，計較對等的回收，便不會有今天人類的成就和種族的繁衍了。」

　　「值得嗎？」可欣若有所思。

　　「妳說什麼？」Ｆ海寧不確定剛剛可欣小聲說出了什麼，只見可欣兩眼放空，沒有回答。

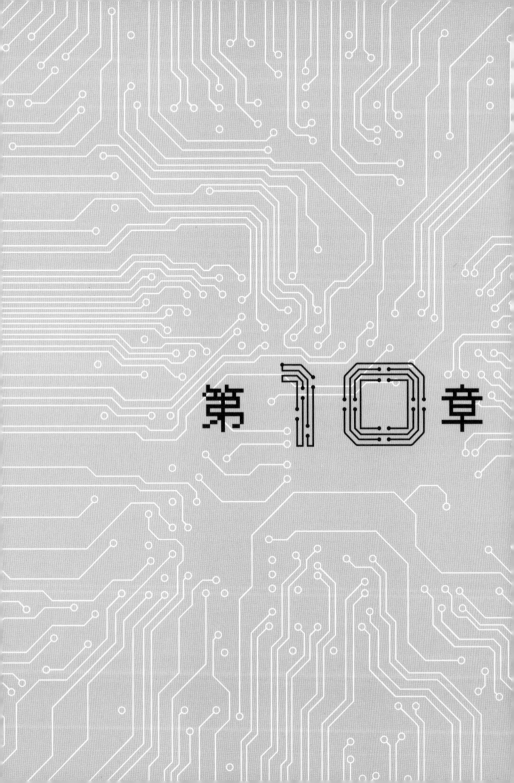

第10章

　　白天，家裡通常空無一人，可欣不是做家事、追劇，就是出去走走逛逛。其實可欣很喜歡旅行，以前常常和海寧利用空檔出去玩。避開假日的尖峰，或者避開寒暑假的人潮，他們往往精打細算地撿一些特惠機票或淡季的食宿出遊。

　　偶爾錢存夠了，他們會去美國西岸玩個三週，自己租車，在國家公園裡露營，或是參觀酒莊、逛跳蚤市場。

　　如果時間不多，他們喜歡比較近的日本，在山裡看飄雪，或是在海港吃海鮮大快朵頤。可欣難忘那些自己一個人醒著的清晨，看著細雪漫天飛舞，心中便響起了最愛的歌。

　　在日本富山漁港，夏日夜晚拍浪的海岸邊緣，一道道螢光藍在漆黑的沙灘上如精靈般柔柔地拂掠，那是大批螢光魷為了產卵前仆後繼，身體發出那瑩瑩藍光像是替美人魚上岸而鋪下的隆重歡迎。

　　那些畫面帶來的震撼、全身全心的欣喜，是那些虛擬VR或隔著螢幕根本無法比擬的，可欣喜歡大自然給的驚

喜，這真真切切的感受，腳趾抓著沙、被清涼海水一波波地洗過腳背，或是櫻花落在頭髮上的輕巧、被春雨追逐著跑進京都的廟宇，哪裡是什麼3C產品比得上的？

不知道何時開始，她的家人被手機搶走了，然後被電玩、被VR、被線上遊戲一步步攻城略地，家人不見了。又或者說，家人還在，只是比家具還像家具，比機器還像機器。

如今，客廳裡坐著一整組FAMILY，陪著自己聊天、傾聽心事，有時候，自己些微的情緒變化，FAMILY比真正的家人還在乎，可欣啼笑皆非。尤其是昨晚，F海寧提出：「我們出去走走吧。」可欣驚訝極了，或許她還不習慣這組FAMILY如此了解自己，也驚訝於往往她想說的話，F海寧就先說出口了。

反正閒著也是閒著，可欣答應了。


第二天一早，可欣依約坐地鐵到離家三站的地方，一出站口，就看到她的FAMILY站在一輛旅行車前等她。孩

子們邊跑邊跳地迎接可欣，一家四口坐上車，往山上的一座湖開去。

　　整個旅程都是Ｆ海寧安排的：離家三站的地鐵是因為怕可欣被鄰居看見，避開閒言閒語。山上的湖是可欣一直想去卻沒有伴也找不到時機去，這次終於願望達成。

　　一路上，Ｆ海寧準備了許多音樂和零嘴點心。大家邊吃喝邊唱歌，非常開心。可欣一路哼唱，唱了好幾首才驚覺，怎麼都是自己熟悉而且最愛的歌曲？

　　從黃鶯鶯、蘇芮、阿妹、蔡健雅、Hebe，西洋的有Cyndi Lauper、Whitney Houston、Meghan Trainor、Billie Eilish，可欣越唱越覺得奇怪，轉頭問Ｆ海寧：「你準備的？」駕駛座的Ｆ海寧微微一笑，「我的榮幸！」可欣開心地笑了，「好久沒有在車裡開演唱會了，孩子們長大後，只要我一開口，他們就翻白眼。」

　　坐在後座的姐弟忍不住往前：「怎麼會？媽媽唱歌好好聽喔！」

　　可欣笑得更燦爛了，「為了答謝後座的歌迷，接下

來，我要為你們演唱一首〈Baby Shark〉！」

　　後座的歌迷立刻報以熱烈的掌聲和尖叫聲，車裡充滿〈Baby Shark〉的歌聲和手語，一路歡笑上山。


　　另一方面，IAI公司的女性研究部部長Vera正在研讀不斷傳回的資料。

　　「很好，截至目前為止，我們的210位實驗者的滿意度都在A Level，她們的臉上都出現了杜鄉的微笑，一開始有的存疑都漸漸失去心防。」

　　胡總、黃經理有點聽不懂，Vera繼續解釋：「根據『FACS』，也就是臉部動作編碼系統，人類動用了單一肌肉的有四十三種表情，動用一條以上肌肉而有感情意義的組合超過三千種。由衷的笑與皮笑肉不笑不同，十九世紀的法國神經學家杜鄉首先發現並描述出來，由衷的笑容動用了兩組肌肉：一組把嘴角往上拉、讓臉頰抬高，另一組讓眼睛瞇起來，這就是人類由衷感到快樂時會出現的『杜鄉的微笑』。」

「我們的AI FAMILY會時時掃描受試者，並即時傳回公司系統判讀。」Vera補充道。

看來實驗結果是成功的，胡總和黃經理聽了都鬆了一口氣。

「不過，你們用的那招真的有點惡毒。」Vera仍然介意地說著。

Kevin黃挑了挑眉，「妳是說，『約約』？」

Vera無奈地嘆了口氣：「是啊，你們居然使用『約約』的大數據，找出已婚人士中的頻繁使用者，然後再叫探子接近他們的老婆⋯⋯哎。」

胡志揚知道這位女下屬的個性，總是有些道德潔癖。「不過，過程中我們只是在可能受試者面前露出資訊，並沒有強迫中獎。」胡志揚企圖緩解Vera的疑慮。

「我了解，不過，那些主婦必須面對老公出軌的不堪⋯⋯」Vera話還沒講完，Kevin立刻驚訝地接話：「妳認為那是出軌嗎？」

Vera故意做出更驚訝的表情：「難道不是？老公在

網路上和不知名的女人調情，甚至做愛，這樣還不叫出軌？」Kevin幾乎笑出來：「妳看，妳自己都說了，首先，使用者並不知道對象是誰，甚至性別為何。再來，使用者只是意淫，然後可憐兮兮地用一些設備和輕微的電流刺激自己的性器官。如果這樣有罪，那從青春期開始在自己房間看A片打手槍的青少年，喔，或者看羅曼史自慰的青少女也有罪了？」

　　Vera聽得面紅耳赤，一時之間也不知道該如何反駁，「嗯，好吧，或許你說的有道理……但是，提供這樣擬真的軟體，不也等於提供了讓人容易上癮的毒品嗎？」

　　「哇嗚，妳的指控越來越嚴重了！」

　　Kevin和胡志揚互相看了一眼。

　　胡志揚終於開口：「這樣說吧，其實從最早的大型電玩街機，到掌機、家庭遊戲機，還有後來的手機線上遊戲等等，都有讓人成癮的特質。人類面對的欲望誘惑也不只這些，要暴飲暴食或是均衡飲食，要晚睡熬夜或是規律作息，這些都考驗一個人的定力，也都是成年人自己的選

擇。還有，Vera，既然我們都聊開了，我也想再跟你們多囉唆兩句。」

　　Vera和Kevin兩個人一起望向胡總。

　　「心理學家說過，真正的性器官是大腦。除了肉體的刺激，其實在性行為中無邊無際的想像，才是讓性持續激情的關鍵。你可以想像各種對象、各種姿勢、各種劇情……所以也有人開玩笑說女人高潮時為什麼總要閉眼，因為她腦子裡想的未必是眼前這個人啊！」Vera聽了也只能沉默，看起來像是在細細咀嚼這番話。

　　「所以，如果依照妳的標準，地球上每個人的每一次性愛都應該要規定彼此的腦中只能想著對方，不然，也算出軌，對嗎？」胡志揚試探地問Vera。

　　Vera的思緒有些混亂。Kevin為了緩解氣氛，用誇張的語氣說：「其實，從『約約』的後臺可以看到，那些自以為約到辣妹的男人，常常是在跟男人做愛！哈哈！」

　　其他兩個人並沒有笑，只是看著他。Kevin自討沒趣地乾笑了兩聲，Vera看起來還在思考著什麼。

　　胡志揚眼看大家沒有接話，正要宣布散會，Vera突然說：「胡總，抱歉我忘了報告第二階段。事實上，這可能是整個計畫的關鍵階段，就是我們的FAMILY能否通過其他成員的接受而住下來？」

　　Kevin聽到這裡，好像活了過來：「關於這個問題，我和胡總已經有了絕妙好計！」

　　Vera偷偷在心裡翻了一萬個白眼，憂慮地說：「我們推出的FAMILY，由於99％都是為了服務寂寞的主婦，所以男主人應該會是最有防衛心、最排斥的，而且，男性的地盤意識跟公狗……」

　　兩位辦公室裡的男性瞪大了眼，Vera覺得捉弄到了他們，但又不宜太超過，立即改口：「我的意思是，雄性動物很介意自己的地盤有其他雄性踏入，防衛意識很強，甚至說不定會攻擊外來者，或者在幾天後就將FAMILY驅逐出家門……」Vera說得越急，那兩位男士就越得意。她嗅出他們的不尋常，只好放低姿態：「兩位可以告訴我，為什麼你們都不害怕、不擔心嗎？」

Kevin仍然想賣關子：「部長，妳了解女人，我們了解男人。」

Vera雖然覺得好奇，但又想看他們出糗，「好的，我們就慢慢看下去吧。」然後，她轉過頭對胡志揚說：「如果我還有一些新想法，可以讓FAMILY更不一樣，那我能邊做實驗邊修改數據嗎？」胡志揚覺得有意思，對著兩位得力部下說：「當然可以，我們就是要做出劃時代的改變，歡迎隨時有新想法。」

Vera感覺鬆了一口氣，她走回自己的辦公室，打了個電話給她最重要的探子，Lindy。


正在處理老公情緒的林太看見了電話通知，趕忙按了「不方便接電話」的回覆，然後轉身差點尖叫出來！「你在幹什麼？？！！」

她的老公正站在客廳，對著她尿尿。

Lindy的老公已經失智好幾年了，一開始她並沒發現，以為老公只是年紀大，名字想不起來，吃藥會重複吃

　　兩遍而已。偶爾出門比較晚回家，她也以為他只是到處逛逛，誰知道有一天接到警察的電話，林先生已經記不起自己住在哪裡，還好身上的身分證幫了他。

　　後來，每況愈下。他不記得自己的家、不記得親人、不記得今天星期幾、不記得自己。

　　林太下定決心，想要長期抗戰。

　　她從IAI訂購了家庭服務機器人，因為老公生活已經無法自理，需要她幫忙翻身，甚至需要她幫忙抱起移動。這麼沉重的一個大男人，即使日漸消瘦，也還有個六、七十公斤，林太這樣日以繼夜地服侍他，自己都快瘋了。

　　「阿福，快過來抱先生去洗澡。」機器人早已待命，一把抱起胡亂掙扎的林先生，帶他去洗澡。

　　林太迅速拿起拖把，處理那一灘潑灑在客廳的尿液。洗完拖把，她很熟練地點上香氛，改變客廳的氣味。

　　這幾年因為老公的失智，林太確實在體力上有點透支，但就因為這樣，她可以不用常常回去婆婆的住處請安——應該說是受教聽訓，她總覺得整個人輕鬆了不少。

　　她情願肉體疲累，也不願面對精神凌遲。

　　接著，她調整自己的情緒，回撥了電話：「喂，學妹，妳找我？」

第11章

　　FAMILY每天陪著可欣，一起做家事、一起吃飯、一起偶爾的小旅行、一起逛街、一起談天說地。但一到晚上，可欣不說，FAMILY也會很識趣地道別。

　　該來的總是要來的。

　　終於，一天晚上，可欣看起來有點心事，悶悶不樂。F海寧遞給她一杯熱紅茶，在她對面坐下。「妳在想什麼？有什麼煩心的事？」

　　可欣把F海寧當成好姐妹：「你不是我的姐妹淘嗎？你猜？」

　　F海寧故意把小指翹起來拿咖啡，「嗯，妳大姨媽來了？」說完還故意眨眼嘟嘴，可欣笑了笑，「不是大姨媽要來，是我老公要回來了。」收起了笑容，可欣看著她的FAMILY。

　　「很謝謝你們這些日子的陪伴，我真的很開心，好久、好久都沒這麼開心了。」

　　FAMILY們感覺到氣氛有些嚴肅，F弟弟趕緊抱住可欣的大腿，「媽媽，妳怎麼了？怎麼不笑了？我會怕

怕。」

可欣望著F弟弟可愛的臉，忍不住緊緊抱著他，「不怕不怕，媽媽在。只是，媽媽的先生明天要回來了，我擔心他……」

F弟弟睜著圓圓的大眼睛：「他很恐怖嗎？」

可欣越來越捨不得這張可愛的小臉，但又害怕海寧會生氣會吃醋，然後把他們轟出家門……可欣雖然知道他們不是真的生命有機體、不是有血有肉的人，但是她也不想看到他們被自己的家人不禮貌地對待。

可欣越來越分不清，誰才是有感受有靈魂的人？是那三個一進家門就各自捧著3C產品，只把她當女傭的家人，還是每天急著上門來陪自己聊天，陪自己度過無聊時光的FAMILY？

F海寧看出她的猶豫：「這樣吧，妳也不用想太多，我們會謹守本分，就讓他把我們當做像掃地機器人一樣的工具人，我們可以服務他、幫忙他，這樣或許他就不那麼排斥？」

　　可欣聽了他的建議，也覺得自己先不要嚇唬自己，待海寧回來再說吧。

　　另一方面，IAI也開始安排他們的「絕妙好計」。

　　晚上七點，海寧進門。

　　可欣和FAMILY在門口迎接，陣仗有點大，海寧顯然受寵若驚，「啊，謝謝，不好意思，麻煩大家了，這位小弟弟不用客氣……」正跪在地上拿拖鞋的Ｆ弟弟一抬頭，海寧愣住了！「喔！哦！原來是底迪喔！哇！」

　　海寧趕緊把可欣拉到一邊：「怎麼這麼像？嚇我一大跳！可是，旁邊的那個我，怎麼那麼胖？好好笑！」

　　可欣一直忍住不笑，原來，Ｆ海寧真的把自己變得又胖又矮、蓬頭垢面的，跟原來的神采飛揚大異其趣。可欣跟海寧說：「他們就是來陪我聊天、做家事、吃晚飯的，你可以接受嗎？」

　　海寧看著那個矮胖版的自己，像是製作失敗的蠟像，又好氣又好笑，「當然沒問題，只是你叫那個假的我少出

門，不然鄰居看到會以為我步入中年，自我放棄！」

　　可欣鬆了一口氣，「不過，他們不會住家裡，吃完晚飯就離開。」

　　海寧故意大聲地說：「沒關係啦，住家裡也沒關係，現代家庭裡誰沒有機器人，這樣來來去去多不方便。」

　　可欣倒是沒料到老公會如此放心，她仔細看了一眼F海寧，比原來的樣子起碼矮了十公分、胖了十公斤、臉泛油光，六塊肌變成了鮪魚肚，誰看誰放心。

　　「好吧，大家一起吃飯吧！」可欣愉快地宣布。

　　飯桌上，海寧忍不住問：「這位小姐姐，妳知道23456乘以65432等於多少嗎？」F姐姐頭也不抬地回答：「134796562。」海寧驚呼：「好快！真的嗎？」

　　「當然是假的嘍，海寧叔叔，我的智商就只是一個十歲小女孩啊！」

　　海寧轉頭看著自己的胖分身：「你背得出幾首古詩？」F海寧說：「成千上萬首！」

　　海寧不再上當：「少騙，怎麼可能？」F海寧：「我

們是為了服務主修文學的可欣，當然有準備。」

　　海寧並不想考試，因為他也不會知道答案對不對。他再好奇地望向Ｆ弟弟：「那你有什麼特異功能？跑得飛快？還是有隱身術？」

　　Ｆ弟弟瞇起雙眼：「我很會撒嬌～～」甜膩的語氣讓可欣笑了。

　　「不過，有一項功能我們是一定會的。」Ｆ海寧回答：「那就是家裡一切ＩＡＩ的產品，我們都會修，也可以告訴你有關ＩＡＩ出品的遊戲闖關祕訣。」

　　可欣翻了一個大白眼！語氣相當憤怒地說：「你們不准陪他們打電動！」ＦＡＭＩＬＹ突然如軍人般整齊地站立：「是的，媽媽！」

　　全家人都嚇了一跳，海寧有點傻眼地說：「哇嗚，可欣妳好神！他們好像妳的部隊喔！」

　　可欣自己也沒有看過這樣的景象，有種家人變軍人的感覺。

　　「不過，如果我卡關可以借用幾分鐘就好嗎？」海寧

死皮賴臉地拜託可欣，可欣看著FAMILY說：「那得看我的心情。」

　　海寧顯然很需要破關的指引，接下來不是討好可欣，就是拉攏FAMILY。一下夾菜一下盛湯，還約可欣週末去看愛情電影，可欣覺得好笑：「可以了啦，先吃飯。」

　　家人們和FAMILY相處得還不錯。晚飯後，通常是可欣和FAMILY的tea time，但海寧用眼神向可欣求援，可欣只好問F弟弟：「你會破關嗎？」F弟弟踉踉地把下巴抬高：「當然會嘍。」可欣對海寧說：「借你一位我的戰將，三分鐘後歸還。」

　　海寧和姐弟為了搶奪這位AI弟弟，幾乎是不擇手段：「弟弟乖，來我這邊，姐姐抱你。」「不對不對，你是我的分身，應該來我這邊。」「弟弟乖，爸爸需要你。」三位電玩瘋子瞬間變成寵娃高手。

　　有個AI弟弟教破關，靈巧的手指示範了高級玩家的走位，海寧和姐弟倆如有神助，像開外掛似地殺敵無數。

　　三分鐘一到，F弟弟立刻起身返回媽媽身邊，頭也不

回。三個電玩控意猶未盡，紛紛央求：「拜託啦，再陪我們玩一下～～」

　　F弟弟非常堅決地說：「你們玩這麼久技術還這麼爛，又不陪媽媽聊天，吃完飯也不幫忙收桌子，真的很遜誒。」F姐姐補槍：「一事無成。」

　　大家突然靜默了三秒。

　　可欣有一種好久沒有的釋放感，居然有人可以這麼直白地說出她心裡的苦悶，不費吹灰地搬開那心中的石塊，原來，有人懂她，有人支持她。

　　海寧乾笑了兩聲，「姐姐，妳輸入的成語程式不錯嘛。」

　　「請問，現在這樣的氣氛就是人類所謂的尷尬嗎？」F弟弟認真地問。

　　全家都笑開了，「是的，弟弟，但是你剛剛又化解了尷尬。」可欣抱著這個替他出氣的小可愛，覺得生活裡有了一絲絲新鮮的空氣。

　　到了就寢時間，可欣把海寧拉到房間：「你確定要讓他們住下來？」海寧想都沒想：「當然要啊，妳看，他們能陪妳聊天、做家事，又能陪我們打遊戲，真是全家人的好朋友。」可欣看起來有點擔心：「不過，他們是躺著還是站著睡覺？我們半夜起來會不會被嚇到？」

　　海寧聽到這個疑問，也有點擔心：「對喔，不知道他們是什麼狀態？」

　　可欣下定決心似地：「我去問問。」


　　客廳裡，FAMILY在沙發上坐著，F海寧看到可欣立刻說：「我們留下來會不會很麻煩？」

　　可欣見他如此直接，就不拐彎抹角了：「麻煩倒是不會，只是，你們……需要幾張床？」

　　F海寧明白她在擔心什麼：「妳放心，我們一切都擬人，所以會躺下閉眼休眠，但因為我們不會翻來翻去，所以一張床是可以擠得下的。」

　　可欣如釋重負，「那就太好了。」

　　愛撒嬌的Ｆ弟弟跑來：「媽媽，我可以跟妳睡嗎？」他手中是弟弟小時候睡覺習慣抱著的那隻小龍貓，舊舊的，眼睛掉了一半，可欣彷彿聞到弟弟小時候在她懷裡的乳香味，參雜著香皂和痱子粉，半夜醒來，看著那肉嘟嘟的小臉就覺得知足。

　　「好啊。」她很快就心軟，不需要考慮。

　　「那爸爸呢？」Ｆ弟弟又問道。「他……很忙，他睡書房。」可欣小聲地回答。

　　於是，FAMILY在沈家的第一晚就這樣定案，可欣帶Ｆ弟弟睡主臥，海寧睡書房，Ｆ海寧和Ｆ姐姐睡客房。

　　主臥裡的，很快進入了夢鄉，而且應該正做著美夢；客房裡的，調整好休眠狀態；而書房裡的，則蠢蠢欲動。

　　「可惡！到底怎麼回事？」已經在「約約」裡的海寧遇到了障礙，系統大當機，他反覆試了好幾次，不是畫面lag，就是指令無法下達，事關自己的排行榜成績，還有一干辣妹對他的期待，他越急就越找不到解決方法，線上客服更是呈現滿線：「抱歉，所有客服都正在忙線，請

您稍候。」一腔慾火難耐，不知所措的海寧突然想到了
FAMILY！

　　他躡手躡腳地鑽進客房，推了推看似熟睡的F海寧：
「你可以醒來嗎？」

　　F海寧立刻睜開眼，「有什麼事嗎？」海寧把他拉到
房外，「那個，不好意思打擾你了，就是啊，我在玩的一
款遊戲好像出了問題，可不可以請你……」

　　F海寧明白了，他陪海寧走回書房，「你介意我和你
的電腦連線嗎？」

　　海寧連忙搖搖手：「不介意不介意，你盡量。」

　　F海寧用自己的食指指甲插入電腦的USB孔，不出十
秒，他已經對海寧在線上的活動和資料庫瞭若指掌，他用
意味深長的眼神看了一下海寧：「玩這麼大。」海寧摸了
摸頭，看起來好像做錯事的小孩被抓包，「你，可以不要
告訴可欣嗎？」F海寧搖搖頭：「我當然不會說。只是，
我覺得人類很可愛又可笑。」

　　礙於F海寧正在幫自己修復「約約」，海寧只好假裝

認真地聽著可能來臨的長篇大論。

　　「你們人類常常要立下一個高標準來期許自己，比如說婚禮上的誓詞，對你的愛永誌不渝；但那明明很難達到。當有一天費盡全力卻無法完成時，又哭天喊地、自暴自棄，一方面看不起自己，一方面又覺得對不起曾經一起相信那些高標準的人，然後羞愧自責，再情緒性地向低標邁進，周而復始地消耗，錯過了好多能讓人類更好的機會，真可惜。」

　　海寧好像聽懂了什麼：「那是因為，人有夢有理想，總是浪漫地以為自己能做到，但是卻低估了自己的惰性和種種弱點，所以才這麼拉扯。」

　　F海寧露出了欣賞的表情：「不錯嘛，我現在可以理解為什麼可欣會愛上你。」海寧聽到這句話，表情有點複雜。

　　F海寧繼續說道：「人類的大腦有無窮潛能，但是也如同你說的，大腦容易懶惰、容易當機，只要面臨的選擇超過三、四種，就會選擇困難。而且，只要能休息玩樂，絕不想費力工作，畢竟，縱慾容易多了。」海寧不確定眼

前的這個機器人，是否在說雙關語。

　　只見Ｆ海寧的手也在鍵盤上不停來回，「好了，整個程式重跑一遍應該就可以了，但是你需要等一下。」

　　海寧心情明顯大好：「太感謝你了！有你真好！歡迎你在我們家長住！」海寧像個小男孩，遊戲即將開始，其他都不重要。


　　海寧欣喜若狂的表情透過Ｆ海寧的雙眼傳送回ＩＡＩ公司，在公司的大型電腦顯示器上，又一個紅燈轉為綠燈，最底下的數字顯示：

　　　　210戶已有90％通過第二階段，

　　　　接下來進入第三階段。


　　胡志揚和黃經理接到報告，慢慢地打開了一瓶三十五年的威士忌，乾杯慶功。

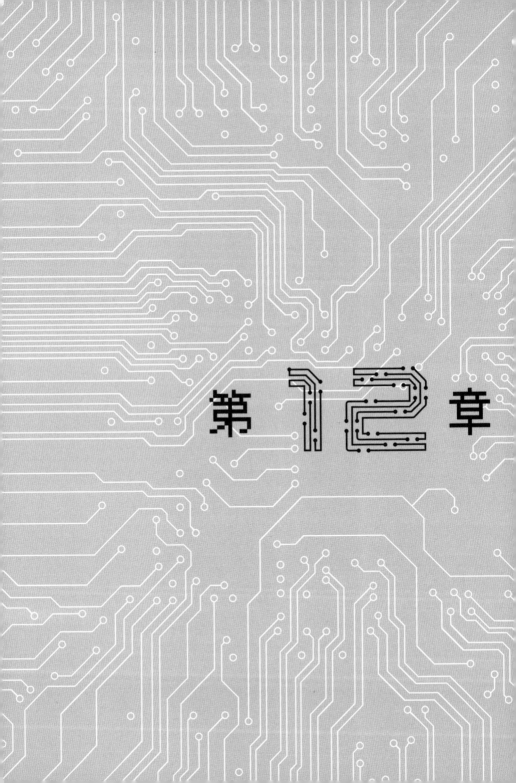
第12章

可欣很久沒有睡得這麼沉、這麼香了。她記不得自己是什麼時候開始失眠、什麼時候海寧搬到書房睡、什麼時候和孩子們無話可說。

若要認真想起來，好像是從海寧迷上一些線上遊戲，然後丟下他們母子三人開始。

以前，一家四口的睡前故事時間是最珍貴的家庭互動。大家洗好澡躺平，弟弟抱著他的龍貓，姐姐搶著睡在媽媽旁邊，一陣騷動過後，每天的排列組合會有些不同。

從窗邊算來，可能是爸爸、姐姐、弟弟、媽媽，或者是爸爸、弟弟、媽媽、姐姐，反正姐姐永遠不敢睡窗邊，她說怕有安娜貝爾。

然後他們開始說故事，天南地北地說。

有時候是米老鼠大戰孫悟空，有時候是巴斯光年闖進了怪獸大學，講得可欣口乾舌燥，然後姐弟終於心滿意足地在海寧的鼾聲中漸漸睡去。

那段日子他們全家保持著睡前的故事大餐，以及規律的作息。

　　直到IAI出了一款叢林生死鬥的遊戲。

　　孩子們和海寧一起戰鬥，說是一起玩，但孩子們只能在假日有遊戲時間，可是海寧，他的人生卻幾乎被這款遊戲吸進去了。他只要有空，就掛在網上。

　　半夜玩、白天上班時偷閒玩，有時候為了在遊戲中升級或拿到新裝備，他還會請假躲在家裡玩，簡單說，就是廢寢忘食。

　　孩子們發現爸爸的經驗值爬升迅速，就向可欣告狀：「馬麻，把拔是不是半夜都在偷偷玩遊戲？不然他的服裝怎麼那麼多？」

　　雖然可欣有點聽不懂術語，但她也知道孩子們在說什麼。那些睡前的故事時間只剩下可欣獨撐大局，躺在床上的孩子們看到爸爸突然很兇地低吼：「趕快睡啦！」然後迅速跳下床奔向書房，就小聲跟可欣說：「把拔又去玩遊戲了。」

　　可欣試圖跟海寧溝通了幾次，以身體健康考量為藉口，希望海寧不要熬夜，但海寧只是低著頭看著手機，發

出一兩聲敷衍，繼續滑手機。

直到可欣在書房發現海寧的老花眼鏡。

才四十出頭的海寧，老花居然已經嚴重到必須配戴專用眼鏡，可欣忍不住言詞比較嚴厲地跟他下最後通牒：「你可不可以不要在半夜打遊戲了？你難道沒有發現我們家人相處的時間變少了嗎？」

海寧聽不進去，和可欣大吵一架後陷入冷戰。

海寧索性搬到書房去睡，他並不知道可欣半夜都會起來喝水。

可欣也不知道自己是否真的口渴，或者只是被書房那頭傳來的細小聲音所影響。

每晚，她會走出房門，看到一道光。

那是在完全的黑暗中，繞著書房的門而發出的一個長方形光圈，時而淡藍，時而瑩白。

她不敢去敲門，怕驚動了什麼，或者打擾了什麼。她只是靜靜地凝望著那道光，想著自己的老公是否被外星人綁架了。然後對著孩子編出一家人出外旅行，爸爸在夜晚

的公路旁尿尿，突然消失不見的故事。

　　每晚當海寧像著了魔似地戴上耳機玩 VR，或者抱著手機或平板時，可欣就告訴孩子，賈伯斯是外星人，他帶來蘋果產品是為了弄瞎所有地球人，然後奪去地球資源、奴役地球人。孩子們瑟縮在被窩裡，覺得媽媽講的故事越來越陰森詭異。

　　只要海寧還沒睡，可欣就好像有心電感應似地睡不著。書房裡的戰聲隆隆，臥室裡的牽腸掛肚。海寧在前線廝殺，可欣像是奄奄一息的同袍，躺在壕溝，既沒有站起來一探究竟的勇氣，也沒有安心閉上眼的福氣。

　　日復一日，兩個房間的距離變成了兩個銀河系。彼此的晝夜顛倒、軌道逆行，一個槍林彈雨、一個冷冷清清，我不了解你的黑洞、你也不在意我的風暴。

　　本來，可欣以為只是一個過渡，就像那些夫妻都會經歷的什麼足球寡婦、籃球寡婦，球季過了就又可以回復正常生活。

　　誰知道，這場二十一世紀的智慧產品革命，革去了許多親密關係的命，徹底改變了人與人之間好不容易建立起來的信任和依賴，讓每個人都有了比毒癮還難戒掉的癮。

　　海寧沒有再回到他們兩人的房間，那些睡前的歡笑聲和傻裡傻氣的言語，也慢慢消逝在空氣中。

　　孩子們稍大了以後，也各自有了房間，離開那張大床，開始在獨立的空間擁有自己的祕密、自己的生活節奏。於是，可欣連和孩子們說上幾句話的機會都沒有，除了迷上3C，更要命的是，他們步入了青春期。

　　在那個荷爾蒙躁動的年紀，所有事都應該圍繞著他們轉，以他們為中心。家裡的遙控器都在他們的手上，連上車也要聽他們的音樂。偶爾想有自己的選擇，他們鄙夷的眼光說著妳太老派！

　　可欣曾經試著了解女兒在聽什麼音樂，偷瞄了女兒的手機，正在放著Khalid的歌，她偷偷記下來了，然後試著欣賞，也偷偷記了幾首歌名。有一天，可欣遠遠地又看

見女兒手機上正在播放的歌手名字，她心想終於有話題能聊，「妳正在聽Khalid的歌對嗎？」

女兒回頭賞她一個大白眼：「My God！不懂不要裝懂好嗎？這是DJ Khaled好嗎？拜託喔，差那麼多，真是夠了！」

可欣愣住了！她那麼努力想要抓住青春的尾巴，那麼努力想要伸出手跟女兒溝通，卻只更凸顯了自己站在深深的代溝的另一頭。

為了討好青少年，她偶爾會去訂網紅餐廳。有一次，可欣訂了一家火鍋店，卻被兩個小孩嗆到爆：「這家火鍋到底有什麼好吃的？連大蒜也沒有？沒有大蒜什麼東西都沒有味道！一盤肉也要四百多塊，貴死了！又吃不飽！火鍋店怎麼會沒有大蒜？！」弟弟接話：「湯為什麼有中藥味？有病嗎？我們又沒有生病，為什麼要煮中藥啊？老人喔？」

兩個人一直唸一直唸，可欣想，這是不是就叫做饒舌歌手的diss？她忘了告訴他們，這是透過關係等了三個月

才訂到的餐廳。

　　大人講的話他們從來都聽不到，喜歡在公共場合給大人難看：不配合、不溝通、厭世臉、眼神死、不洗澡、不換衣，妳提議的他們都不要，不管妳如何低姿態，他們總是看著手機或地板，好像是被妳綁架來的禁臠那樣不共戴天！當妳終於被磨光耐性以後，他們嘴邊卻揚起了勝利的微笑。

　　可欣覺得無助。她覺得孩子突然變成跳上擂臺的猴子，向她挑釁，並不是要爭個你死我活，他們只是要給大人難看。

　　過去開心的家庭旅遊對他們來說也變成是場瘟疫。同樣的國度、同樣的景色、同樣的樂園，但如今，可欣像拖著三具喪屍，走到哪裡，他們都在找 Wi-Fi。

　　他們不再給予。那種神情就像是妳的談話、妳的動作、妳的要求，都是在浪費他們珍貴的青春年華。

　　可欣最常看到的是他們的白眼和緊閉的嘴唇，還有，那種懶得解釋的嘆氣。

終於，幾經嘗試無效的溝通後，可欣放棄了。

算了，她想，真的好累喔。

人跟血親的關係非常奇特。血脈相連、基因複製，在先天上可以說密不可分。但在後天的相處上稍有差池，彼此又可以惡之欲其死，成為最熟悉的陌生人，但又背負著罪疚，不能真正地放下，更在努力過後終於發現無法擁抱彼此，那麼，這樣的緣分是否太牽強？

她是那樣地愛著她的家人，結果呢？

第13章

　　可欣還是覺得怪怪的。現在家裡一副兄友弟恭、父慈子孝的畫面雖然是她夢寐以求的，但她總覺得自己有點變態，訂製了一整組客製化家人，就像是自己的⋯⋯玩具！對，就是這種感覺。

　　林太約可欣出來的時候，她因此猶豫著。

　　她們約在常去的美甲店，店裡剛好只有一位客人。

　　幫她們修甲的美甲師完全被鄰座的老太太吸引，那老太太抱著一隻紅貴賓，不斷地跟牠聊天，嗓門很大，充斥整個店面。

　　「乖兒子，你今天好乖喔，跟馬麻出來剪指甲，待會兒帶你去買雞腿吃。」

　　「哇，Bobo 這麼好命喔，吃雞腿肉？是炸的嗎？」美甲師頭也沒抬地接著話。

　　「不行啦！怎麼可以讓寶貝吃炸的，太油膩太不健康了，我是每天去菜市場買現殺的雞，然後用清水煮給他吃誒！」老太太高八度的聲音響徹全店。

　　趁著美甲師去準備泡腳水，可欣低聲對林太說：「謝

謝妳的介紹，目前為止，還蠻愉快的。」

　　林太盡量面不改色：「那就好，喜歡就好。」

　　「只是……」可欣正要說些什麼，美甲師帶著色卡回來：「今天要擦什麼顏色？」

　　噗拉地一攤開，上百種選擇在眼前。可欣快速選了個裸色，「一層就好，我不想太明顯。」

　　而林太看也沒看，「我跟她一樣，謝謝。」

　　美甲師又離開了。

　　「小乖乖，你怎麼又站起來了？哎呦，對電視上的狗狗那麼好奇啊？很好笑誒你，那個是在電視上的狗狗啦，那個是超級大隻的藏獒啦，你上次碰到他還一直躲在媽媽後面，現在還敢對他叫喔？」

　　於是，美甲店現在充滿了老太太的笑聲和狗叫聲。

　　可欣有點困惑地說：「這樣正常嗎？和FAMILY相處得如此愉快？好像……他們是客製化的……」

　　林太秒懂：「玩具？」

　　可欣訝異於林太有時候的洞悉人心，或許，她不只是

她表面看起來的那個樣子。

　　老太太和狗開始制霸整個美甲店，狗狗幾乎要跳起來，那個美甲師嚇得退後了一步，「王奶奶，妳可不可以把牠抱緊一點？我會怕狗，不好意思。」

　　美甲師終於顯露出她的害怕，提出了要求。

　　老太太不可置信地再度提高了音量：「哎呦，不會啦，怎麼可能？Bobo很乖啦，我每次抱他去散步，樓下管理員都搶著要抱他誒！」老太太似乎覺得修甲師的害怕有點可笑，「我兒子這麼乖，人見人愛勒！」

　　修甲師低下頭嘀咕了什麼，老太太自顧自地繼續：「我女兒還會吃醋噢，說我什麼都給狗最好的，對啊，沒辦法，像現在夏天這麼熱，中醫說我是寒性體質，不適合吹冷氣，但是為了Bobo喔，我吹一整晚的冷氣誒！」

　　老太太一邊說一邊低頭去親Bobo的嘴，狗狗不耐煩地別過頭，老太太有點受挫：「你這樣不乖喔，要乖乖我才會給你雞腿吃！來，親一個！快點！」

　　後面的語氣已經帶有威脅，狗兒露出畏懼的眼神，

老太太用力扭過狗頭，用力地親了狗嘴巴，狗兒舔了兩下嘴，百無聊賴地坐下。

可欣深吸了一口氣，對著林太說：「我覺得這樣很變態……」

剛剛蹲下的美甲師聽到立刻點頭：「我也覺得誒。」她繼續壓低聲音說：「那個老太太其實是和她老公住，女兒早就在美國定居了，老公又常常出去遊山玩水，把她一個人留在家，她只好養狗作伴，只是噢，她跟狗講話的語氣好像真的是對兒子一樣，又給牠穿衣服，又給牠擦指甲油，上次還把牠的頭髮染成橘色，好衰喔，那隻狗……」

美甲師介入了可欣和林太的談話，還誤以為可欣在批評那位老太太，嚇得可欣連忙閉上了嘴。

林太見狀便接話，意有所指地說：「現代人怎麼排遣寂寞才算正常？宅男打手槍、大媽追劇，這些方法除了不要傷身傷眼，他們也沒有傷到任何人，在自己的房間裡，誰能插嘴管別人的人生？養寵物只要不虐待牠，那些飼主的自言自語不也只是一種自慰？」

美甲師假裝害羞地遮住了嘴，瞪大了眼：「哎呦，林太，妳好前衛喔！」

可欣聽了不語。美甲師說：「所以啊，這些貓狗也是聽天由命，看自己跟到什麼樣的主人，好像也沒有辦法知道牠們願不願意跟著那個主人齁？」

林太接著說：「對啊，那是個有機生命體誒，我們沒有寵物翻譯機去了解主人的照顧是否對寵物是好的，只能用最低要求來看。只要有人供吃供住有冷氣吹，就是對牠們好，難道這樣不變態？」

美甲師邊修剪著死皮邊說：「還不如養隻機器狗，這樣也不會有什麼意願，什麼寵物自己的感受問題。」

可欣假裝沉思，沒有要接話的意思。

林太說：「妳有沒有看過一部電影《Cast Away》？Tom Hanks演的？」

美甲師傻乎乎地又接話了：「有啊，漂流荒島的那一部，一個人超級可憐的！」

「對啊，要不是那顆排球，他也撐不下來。」林太看

了一眼可欣。

美甲師說：「妳真的很會舉例誒！這樣就不會覺得跟寵物演內心戲有什麼奇怪了。那個男主角在排球最後漂走時一直大喊：『Wilson! Wilson!』還一直哭誒，哭得那麼慘，好像死了家人一樣。」

「所以啊，人類好寂寞，感情總是需要寄託，總要有人說說話。像小孩跟玩具說話、老人跟狗說話、青少年拿著偶像的照片說話⋯⋯誰能說誰變態呢？」林太似乎下了個結論，一切好像法官落槌，塵埃落定。

美甲師安安靜靜地修剪著，老太太和小狗也趨於安分。美甲店裡只剩下剪指甲的細碎聲音，清脆而微小。

大家都把注意力暫時放在那個一直沒什麼人看的電視螢幕上。突然，有什麼抓住了可欣的視線，電視上的新聞報導著：「史丹佛大學將在新的學年度推出劃時代的文學課程：『The Mentor』。學校利用3D技術重建許多已故文學大師的容貌身形，輸入其生前有關文學的談話和創作狀態模擬意識，放在課堂上教授課程。目前確定的課程有川

端康成、太宰治、馬克吐溫、莎士比亞、金庸、吳爾芙、
濟慈、李白、李清照、白居易、張愛玲……」

　　可欣的嘴巴張得好大好大，一副嚮往的神情，讓林
太也忍不住轉過頭去，有那麼一瞬間，林太不確定是否看
見，可欣眼眶溼溼的。

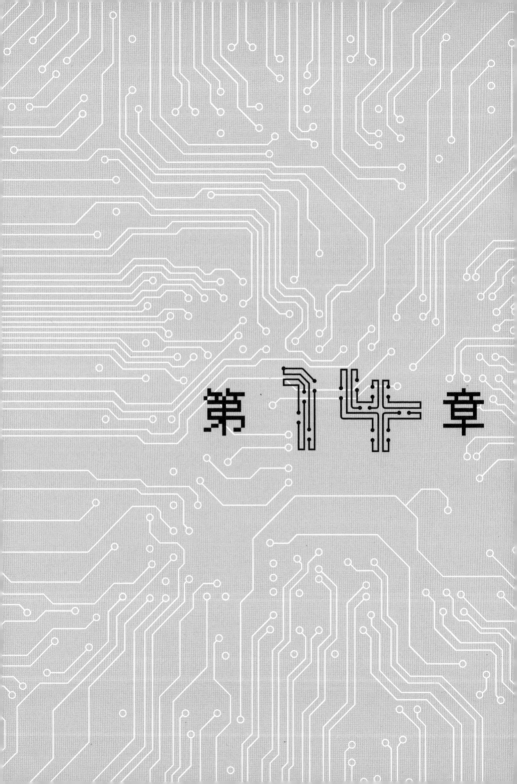

第14章

Vera再忙，都一定要空出時間來跟Lindy見面。

這個探子對整個IAI公司有極大的貢獻，她對社區每一家的成員狀態瞭若指掌，又因為擔任大學畢業生聯合會主席，人脈也廣。再加上自己的主婦角色，更能感同身受地提出許多主婦的需求。當然，還有一層重要的關係，Lindy是Vera的心理系學姐。

在IAI的會議室一坐下來，Vera便感覺到學姐有重大情報。「學姐好！」Vera始終對這位學姐保持著恭恭敬敬的態度，因為Lindy當年可是年年都拿獎學金的學霸，要不是因為父母相繼重病過世，必須賺錢養三個弟弟，她是可以有大好的前程出國留學，完成心理學和法律雙碩士的願望。

「學姐，你已經達到別的探子都做不到的成績，可以終生免費使用IAI的所有產品，I幣在妳的戶頭裡應該也超過八位數了吧？！」

Lindy並沒有露出任何得意的神色。只是很認真地望著Vera：「學妹，我不會因為這些小惠而滿足，我也想要

做些不一樣的事。」

　　Vera了解這種心情，她們這些一流大學畢業的女性，哪個當年不是充滿了雄心壯志？有些出國深造成了長春藤名校的教授，有些在國內名校任教，或者考上執照，有了自己的診所，而像Lindy這樣為了養家而止於大學畢業的，實在不多。

　　Lindy不但日夜兼差，還要身兼母職地照顧三個還在求學的弟弟，若不是為了快速脫離困苦的日子，Lindy也不會嫁給一個大她快二十歲的先生。

　　現在，這位學姐想要的到底是什麼呢？

　　她幽幽地說：「我想要一杯小黑，可以嗎？」Vera立刻起身，「沒問題的，學姐。」她吩咐了祕書，再貼心地問：「要一些點心或是水果嗎？」

　　Lindy彷彿卸下了長久以來的疲憊，「好，都行。」

　　三分鐘後，小黑已經帶著全套手沖咖啡的裝備現身會議室，桌上也擺滿了點心和水果，看來，女人們的談心時間即將展開。

　　「還是曼特寧就好，謝謝妳。」Lindy調整坐姿，看起來像是隨口問道：「妳們倆都不打算結婚生小孩？」

　　小黑噗哧一聲笑出來：「新娘婚紗已經挑好啦，只是捐精者不知道在哪裡。」

　　聽到小黑的答案，Vera也跟著笑出來，「我比妳好一點點，已經有捐精者多年，但就是沒時間走進婚紗店。」

　　Lindy聽完，開始用力鼓掌，大聲地說：「太好了！太好了！妳們要不是命好就是頭腦好！千萬不要隨隨便便走入婚姻！妳們一定是神選之人！」

　　Vera好奇學姐今天怎會如此激動，感覺是山雨欲來。

　　小黑帥氣地同時照顧三杯手沖咖啡，水粉比和溫度、時間的掌控，缺一不可。更厲害的是，她還能繼續接話：「我知道我是神選之人，就是妳們這些大神挑我來為妳們泡咖啡的啊！」

　　房間裡的三個人都笑了。Lindy說：「妳們知道有一個研究說，閨密間的談話可以紓壓，而且最健康的頻率應該是一週兩次。」

Vera聰慧地接話：「學姐應該天天來，跟您談話又開心又獲益匪淺。」

雖然知道學妹在拍馬屁，但Lindy還是覺得挺受用，「當然要常常來啊，有些話，說給妳們聽是珍貴的寶藏，但說給聽不懂的人聽就是垃圾……更何況，這裡還有那麼棒的咖啡。」

小黑已經快手快腳地奉上曼特寧：「學姐，知道妳喜歡曼特寧，我特地選了蘇門答臘北部的林東咖啡豆，完全沒有任何化學殘留，妳嘗嘗。」

Lindy接過咖啡，先深吸了一口香氣，然後慢慢啜了一口：「啊！好濃好純，我就是喜歡它的微甜帶苦，好棒，謝謝妳，小黑。」

三個人一起坐著，悠閒地享受著充滿咖啡香的午後。

Vera把點心盤推向學姐，不催促、耐心等候。

「有人說，咖啡一定要用甜點來搭配，我卻覺得，沒有咖啡，就顯不出甜點的存在必要。人生也是這樣的，因為那些辛苦、犧牲、奉獻，才讓人覺得活著。」Lindy意

有所指地說著。

　　小黑聽了點點頭，「這樣說好像也沒錯誒，就像一直度假反而會感覺心慌，如果是努力工作完再有假期，就會比較踏實，也比較盡興。」

　　Vera羨慕小黑的這個特質，總是能用咖啡打開別人的心房，然後又能夠用最簡單的比喻迅速接上談話，社交於無形。

　　Lindy望著窗外，「是啊，不過人生只有一次，有時候根本不知道，如果在某個關口做了另一種選擇，人生會不會比較不後悔。」

　　房間裡現在只剩下咕嚕咕嚕的煮水聲，Lindy又喝了一口咖啡：「如果我們能在平行宇宙間飛行，是否就能看見做出不同選擇的我們，走哪條路會比較快樂？」她繼續慢條斯理地說：「如果我們把一個人的前二十年算作是成長受教育期，然後再花十年進入社會累積經驗，那麼，要花三十年的時間才能養成一個真正能獨當一面的人。」

　　Vera小心地接話：「就是孔子說的三十而立？」

「對，但他的原意是，三十歲要確立自己的人生目標和方向，而不是現在許多人誤解的，三十歲要結婚成家。」Lindy語重心長地說，「不管是男人或女人，三十歲正是可以大展身手的時候，男人們被期許要有一番事業，女人卻被不斷地催婚、催生，好像全身上下只剩下繁衍後代的價值。」苦著臉說話的Lindy轉頭看到小黑，嘆口氣：「妳最好了！自由自在，什麼也不必煩惱！」

「對啊！我看過地獄，所以不會那麼傻！」小黑吐了吐舌頭。

原來，小黑是個大家族裡的孩子，書香門第，也是地方的仕紳。有錢有勢有名望，自然也會有規有矩有包袱。

「皓雲」這麼富有詩意的名字，是爺爺照著族譜起的。又因為皓雲在家裡是老么，所以小名「幼幼」。

從小，皓雲一方面扮演著乖巧的么孫女，出得廳堂，入得廚房。另一方面，她總是繞著慈愛的媽媽打轉，只有在媽媽面前，她才能鬆一鬆襯衫的釦子、踢掉小皮鞋，不

管長裙的束縛,在後花園翻滾,或者爬樹摘果子。

她常常看見家族裡的勾心鬥角,和傳統家庭對女人三從四德要求的教條。

院子裡的那棵蓮霧樹是她的瞭望臺,也是偷聽祕密的藏身處。什麼奪家產啦,什麼妯娌婆媳內鬥,都在她眼底下發生。

皓雲的媽媽溫柔和順,對於長輩的話都乖乖聽命,而面對妯娌間的綿裡針、有意無意的挑釁,皓雲媽媽也都吞忍下來了。

這位忍辱負重的母親總是要煮一大家子的三餐,才剛煮完,又要洗碗。自己在廚房的小桌站著吃,才收拾完,又要煮下一頓了。

過年更是折磨人。

大家族團聚少則三、四十人,多則五、六十人,再加上來拜年的親朋好友,皓雲媽媽幾乎沒閒下來過。

大家吃完飯她洗碗,大家打牌她要泡茶泡咖啡,晚上喝酒她要做下酒菜,有時已經睡了還要被喝醉的大伯或三

叔公叫起來做醒酒湯。

　　皓雲常常跟媽媽蹲在後院洗碗。

　　鍋碗瓢盆堆疊成塔，皓雲從隙縫中看著髮絲凌亂的媽媽，連擦汗都空不出手，她常常拿小毛巾幫媽媽擦汗：「媽媽，妳好像灰姑娘哦！美麗又辛苦！」

　　媽媽看著心愛的小女兒，皺皺鼻子：「左邊很癢，幫媽媽摳一下，再左邊，靠近鼻孔……哦！對！這裡這裡，好舒服哦！」

　　母女倆只能在做不完的家務中，苦中作樂。皓雲問媽媽：「灰姑娘後來是被王子救了，對嗎？」

　　媽媽聽到這句話，突然放下菜瓜布，把手上的泡沫洗掉，抹乾手，抓著皓雲，一起爬上蓮霧樹。

　　她認真地看著女兒，嚴肅地說：「女兒，我們不是沒用的公主，每天只想著打扮漂亮，開舞會找王子。媽媽讀到高中畢業，本來還想去念大學，但外婆說女人不用讀書，找個好人家嫁了就可以，結果呢？妳看！」

　　她們一起俯瞰樹下兩大澡盆的碗，多得像歪斜的城市

大樓，盆裡的肥皂水倒映著樹影和月亮。媽媽又說：「妳要終身守著一個洗碗盆，還是去看看真正的月亮？」

後來的日子，媽媽總是告訴皓雲，自己想做什麼就去做。碰不到能真正彼此尊重，好好相處的人，不必結婚也沒關係。

雖然這樣的想法與家族裡長輩的期許背道而馳，但從小聽多了大人間的爭吵，皓雲知道關鍵字是「錢」，於是她便以獨身一人，自給自足不須分家產為由，堵住了悠悠眾口。

這些年也沒碰上什麼真正讓她信任的男人，再加上母親撐腰，皓雲成了自由自在的小黑，一頭鑽進手沖咖啡的世界。走遍了法國、義大利、紐約，扎扎實實地學習咖啡文化。

她常常看到身邊已婚朋友，邊喝她的咖啡邊訴苦，說著婚姻如何改變人生，甚至消磨意志、摧毀夢想，她都暗自慶幸自己的人生能這樣海闊天空。

　　小黑拿起咖啡，向Lindy致敬：「偉大的女人，辛苦妳了！」其他兩人也拿起咖啡杯……對碰了一下，「向學姐致敬！」

　　Lindy突然瞇起了雙眼，壓低了聲音：「有時候，我覺得這一切都是外星生物的陰謀。」小黑被這樣的論調吸引：「繼續說，我想聽，拜託！」

　　Lindy被鼓勵了，「妳想，為什麼生育機制是被『安裝』在女人身上？因為女人太聰明、太有智慧，如果不讓她們因為養兒育女中斷學習、中斷發展，人類文明很快就能趕上外星人，許多宇宙之謎也早就解開，那麼就會威脅到其他文明。」

　　兩個女生聽得入神，一臉專注。「妳們沒有帶小孩、持家的經驗，無法感受那種身心俱疲，整個人除了柴米油鹽之外就沒有力氣再去想別的事的無力感。生活裡除了餵奶換尿布帶小孩看醫生幫小孩找學校找朋友找家教……」Vera突然搶白：「真的，我聽我姐姐說，有些媽媽為了排那個很有名的小兒科醫師，要等好幾個小時，早上出門到

看完病回家已經下午了，眼看老公要回來了，才想起還沒做飯，都急哭了……」小黑接著說：「我聽過幾個媽媽聊天，說孩子一出生就要找學校，因為好的學區太搶手，想讀得要有居住滿五年以上的證明，好誇張。」

Lindy一副終於有人了解似地放鬆了下來，「就好像一部蘋果電腦被拿來只做文書處理一樣地浪費。」

「大材小用。」小黑說。

「埋沒人才！」Vera說這句話的時候，眼睛定定地看著她這位優秀的學姐。

「所以，學妹，妳能替我轉達妳們胡總一件事嗎？可能是革命性的一件事，比妳們原來的設定再複雜一點。」

Vera深吸了一口氣：「妳說，我在聽。」

會議室裡仍然飄著咖啡香，只是氣氛跟剛才完全不一樣了。

第15章

　　可欣看著牆上的行事曆，還剩七天，最後一週了，FAMILY的免費使用期限只剩七天。可欣不知道怎麼面對沒有他們的生活，或者，應該分兩部分來看。

　　關於小孩的部分，她知道自己有點變態，不該沉湎在和天真奶娃們互動的甜蜜裡，應該要往前看，不要貪戀那些舊日的小美好。雖然可欣的失眠因為抱著F弟弟睡就不藥而癒，但她還是在意家裡姐姐和弟弟的感受，左思右想的結果，她找來F海寧商量。

　　F海寧要她別急，「就當我們是妳的遠房親戚，住滿二十一天我們就離開……或是到時候妳會希望我們留下來？都好，不用為難。」

　　「為什麼是二十一天？不是三十天或五十天？是計算過成本嗎？」可欣好奇地問。F海寧故作神祕地說：「商業機密，無可奉告。」可欣正要追問，突然，F姐姐在廚房尖叫了一聲：「媽媽救命！有蟑螂！」

　　可欣衝到廚房，看見F姐姐居然跳到了流理臺上，蟑螂已經不知道跑到哪裡，可欣邊笑邊把F姐姐抱下來，愛

憐地摸著她的頭，「乖，不怕不怕，媽媽在。」

　　F海寧跟著進來。可欣自顧自地一直笑，「姐姐妳也跳太高了吧？妳的屁股整個坐在瓦斯爐上誒，太好笑了。」F姐姐偷偷和F海寧使了個眼色。

　　「姐姐，妳的小褲褲應該是被爐臺弄髒了，去換件乾淨的。」可欣支開了小女孩。

　　F姐姐離開後，可欣冷冷地看著F海寧：「你知道嗎？姐姐從小就有男孩子氣，不管碰到什麼都不怕，以前家裡住山上，碰到蝙蝠、蛇、蜘蛛，她都是充滿好奇，伸手就抓，家裡有一次出現蟑螂，弟弟尖叫跑走，是姐姐拿著拖鞋過去拍爛牠的。」

　　F海寧呆站在原地，沒有表情。

　　可欣繼續說：「所以，要不是IAI設定錯了，就是你們有更高級的共同防護意識，像是我們人類說的『詐騙集團』，聯合著企圖欺瞞什麼。」

　　F海寧深吸了一口氣，帶著歉意說：「不是那樣的，我們是被設定來陪伴妳、保護妳，不可能傷害妳的。」

　　可欣看見他的慌張和誠懇，心想確實也是，畢竟這段日子以來，自己終於有活過來的感覺，覺得有人在乎自己，懂得自己的情緒需求。

　　她嘆了一口氣：「我也沒有要興師問罪的意思，我只是好奇，你們……如果被……遣返，會去哪裡？」

　　聽到可欣還在關心FAMILY的何去何從，F海寧鬆了一口氣。

　　「首先，我要謝謝妳的關心。接著，我也必須很誠實地告訴妳，去除了AI芯片的客製化設定後，我們就會變成普通的機器人，可以進入機關團體服務，做一些行政工作，或者去救難、去養老院做公共服務……不會失業的，別擔心。」

　　F海寧企圖用比較輕鬆的語調讓可欣不要感到內疚，但可欣還是皺著眉：「了解，那麼……孩子呢？他們那麼小，能做什麼？」

　　F海寧覺得可欣真是個善良的人，「妳放心，他們也可以做社區服務，或者一些特殊救難工作。」看見可欣臉

色不太好，他趕快轉彎，「大部分是在公共托兒所裡面陪小孩玩，或者在圖書館裡幫忙，不會是妳想的那麼……極端。」

可欣閉上眼睛，深吸一口氣，「好，我知道了，謝謝。」

她想靜一靜，便坐下來滑開電腦，頭條社會新聞馬上抓住了她的目光：

根據某週刊報導，在北區的一位社區管理員聲稱，他在半夜看見一名陳姓住戶跑出社區，因為從瞌睡中驚醒，恍惚間似乎看見陳先生左肩插著一把刀，雖然沒有看見血跡，但因擔心住戶安危，還是報警處理。

待警方前往該住戶門口按鈴時，出來應門的是陳先生本人，左肩並無傷口，並表示他在睡覺，一直沒出門。

為了釐清案情，管理員調出監視器，發現確實有一名男子快速跑過管理室，但因為監視器角度問題，無法確定是否為該陳姓住戶，經過影片格放處

理，該男子左肩有異物反光，不確定是否為刀片。

　　可欣繼續往下滑。

　　根據記者訪查附近鄰居，大多表示，陳先生常年在海外工作，一年回家一、兩次，陳太太一個人帶著兩個小孩，身兼父職，十分辛苦。

　　有位不願具名的某 W 太太透露，陳先生已在海外另組家庭：「應該也有小孩喔，這邊就只是提供一些基本的生活費，不常回來。不過很奇怪，最近常常看到陳先生接送小孩上下課，陳太太也比較有笑容了誒。」

　　隔天警方再度登門，陳先生已飛往海外工作。警方清查出境紀錄，證實陳先生確實已離境。

　　可欣看完新聞，呆坐在椅子上，久久不能動彈。

　　F海寧走過來，對可欣說：「我們必須回公司一趟，明天再回來向妳報到，好嗎？」

第16章

　　時光雲裡，可欣聽著歌，今天不太一樣，不是過去的歌，是方大同的〈NMW〉，No Matter What。

　　關於往日的傷痛
　　我們都在痊癒中
　　所以我們懂
　　有一種幸福與共
　　因為你才不同
　　愛是難題
　　相處不容易

　　可欣喜歡他歌裡編曲的重低音鼓，讓人覺得安心又溫暖，而方大同的歌聲，總是像包覆了一層柔軟的雲。

　　皓雲準備了一種小農全手工日晒挑豆，有機，來自臺灣中部，喝起來：「微甘，清香，沒有那麼重的烘焙，也好像來自雲海。」可欣才說完她的感想，皓雲就豎起了大拇指，回應了一句：「知音啊。」

可欣感動地說：「妳才是我的知音。」皓雲的嘴角拉成一條上揚的弧線，露出了很美的微笑，然後又嘆了一口氣，可欣好奇她怎麼了，「嘆什麼氣啊？一朵白雲要變烏雲了？」

皓雲笑了，「女人說出的話、做的安排，畢竟還是只有女人懂。妳說的話那麼好聽，完全了解我在環境裡選擇的音樂搭配不同咖啡豆的用意，被妳鼓勵的感覺真好。」

可欣沉浸在一陣溫暖，「應該是我被妳鼓勵到了，其實，女人要的真的不多，對嗎？」

皓雲看著可欣，「那妳真正想要的是什麼？」

突然地一箭穿心，可欣有點愣住了。最近，她也不斷問自己，到底要什麼？

或許這幾十年來，她一直努力做個好學生、好員工、好太太、好媽媽，一直繞著別人的期望而轉，一直怕讓別人失望，一個接著一個的既定角色在不同階段被設定，自己也以為那就是應該完成的目標，然後，轉著轉著，最核心的那個本質一點一點被稀釋，變成了一道道無形的霧

氣、消失在空氣中。旁人各自低頭努力著，誰也沒意識到
妳變成了什麼，或是誰。

　　可欣想得入了神：「所以，我們應該要自私點才會比
較快樂，對嗎？」

　　皓雲歪了頭想想：「也未必誒，像我這種單身的看
妳啊，有時候也挺羨慕的，有家有小有人陪，每天至少有
家回、有人掛念妳，從形式上來看，妳從一個人變成四個
人，好有成就。」她替可欣加了點咖啡，繼續說：「可是
當妳累了、委屈了，就會看到我這種人的快樂，什麼有大
把時間很自由、一人飽全家飽、不用配合家人、不用擔心
生小孩身材走樣……」

　　可欣一直在深思：「皓雲啊，我記得小時候和外婆
常常在夏天的夜裡，搖著扇子，躺在紗帳裡，一起聽著窗
外林子裡的蟲鳴。外婆偶爾說起兩句，都是煩惱著兒孫的
事，什麼大舅的小孩要考高中啦、二舅的孩子身體弱啦、
妳姑姑可厲害了，飛去了美國……話鋒一轉，她說真正厲
害的是老張，怎麼抓也抓不到，還帶了一大票朋友來偷

吃，吃完留下一地大便，氣死她了。」

皓雲問：「誰是老張？」

可欣說：「妳跟我問的一樣，我問外婆，誰是老張？外婆說，廚房裡的蟑螂唄。」

兩人大笑了，笑得流出了眼淚。

老張啊老張，地位居然和外婆的子子孫孫一樣重要，甚至比那些遙遠的血緣更接近外婆的生活。「所以啊，我也常常想起知足常樂那樣的老生常談，是不是自己的不知足才導致心理空虛，總想著哪裡不滿、哪裡不夠的，唉聲嘆氣又過了一天⋯⋯」

皓雲邊擦著剛剛笑出來的眼淚，邊搖著頭：「不是的，可欣，當然不是的。」

可欣等著她說。

「現在是什麼時代了？妳不要想龜縮回自己的舒適圈裡，如果現在是我們人生的下半場，請妳好好把握，衝出去闖闖！去抓住些什麼，去發揮那些妳過去只敢用想像的能力，快去吧！世界那麼大，妳去紐約學設計、去歐洲旅

行……去埃及土耳其找歷史遺跡是一天，在家裡和老張過完一天也是一天，趁妳夢想的火光還沒完全熄滅，就出發吧！」

可欣彷彿看見一簇大漠裡的營火，本來是那樣熱烈地燃燒，張狂地以為可以照亮整個世界。火焰最高處的火苗指向天，叫囂著有一天我能燒向你，誰知一夜過去，那火焰竟無以為繼地孱弱了下去，只差旅人的一腳，就可灰飛煙滅。

「嗯，我了解的。提到外婆，我只是想說，她的偉大就是永遠堅守家庭崗位，溫暖地照顧和陪伴，她一直是我心裡最重要的依歸，每當寂寞無助時，就會想起她，她是我的力量。」可欣補充剛剛沒講完的話，「所以，我也只是在考慮，應該繼續扮演一個永不離開的燈塔，還是去抓住自己想要的。」

皓雲理解地看著她：「可欣，時代變了，過去的母親為家庭做的犧牲奉獻很偉大，但現代有很多事已經能有機器或 AI 代勞。而且，付出也要看對象，如果被付出的人

並不覺得需要，甚或不感激，那麼等妳漸漸老去，遺憾只會造成怨懟，何必呢？當妳踏出那一步，或許更能贏得他們的尊重。」

　　可欣想起自己的家人，卻赫然發現，腦海浮現的快樂畫面，竟然都是和FAMILY一起度過的。

第17章

FAMILY回來了，但只有F海寧。

可欣覺得他好像有什麼不一樣了，她一直打量著F海寧的臉，「到底是哪裡不一樣了？奇怪？」

F海寧的頭部又發出了聲音。「那是什麼？」可欣好像抓到什麼小辮子似地興奮：「你又在幹什麼？分析我？還是嘲笑我？」

F海寧搖搖頭，「不是啊，是我遠遠趕不上妳，只能把它記錄下來。」

可欣有點疑惑，又有點得意。「你趕不上我是什麼意思？」

F海寧看著可欣，「妳啊，就是有一種第六感。其實我的外表沒有改變，一點點都沒有。這次回公司，我被更改了一些設定，沒想到一下就被妳察覺了，這種第六感正是我們AI在學習的，為什麼妳會有這種感覺？」

可欣聳聳肩：「我也不知道，可能是你們突然要求回公司一趟，再加上那個新聞，還有姐姐弟弟今天沒跟著一起回來，然後你也沒帶甜點給我了……」

　　F海寧大笑，「妳就如同我們回報的成績單上記錄的一樣，善良可愛、善解人意。」

　　「好啊！原來我有成績單？原來你們一直偷偷地評價我？」可欣有點擔心了起來，「聽起來有點恐怖誒！感覺，我們家被……被監視了。」可欣決定誠實說出感受。

　　F海寧搖搖頭，「親愛的可欣，我多麼希望妳能好好保護自己，但大多數人類都像妳一樣，在使用任何不用付費的軟體、平臺，或者像免費的我們時，毫不猶豫地敞開隱私大門，長長的合約看都不看，就直接允許自己的相簿、麥克風、email、密碼統統交出去，就像你們網路有句話說：『FBI做不到的，FB全做到了。』」

　　可欣本來就不太了解這些相關產品服務的運作，如今一聽，立刻生氣了起來，「我就說嘛，人類最後都會被控制！早知道我就當我的原始人！」

　　聽到可欣這麼說，F海寧繼續補充：「回頭太難啊！現在人們的社交平臺，甚至網路會員都洩露了隱私，即使有駭客入侵，工程師也得花半年時間才能徹底清查，資料

都洩露了，駭客也早已逃之夭夭，哪裡來得及抓賊？還有前幾年FB流行的童顏、變老濾鏡、十年前十年後的臉孔比較，很多人想都沒想就跟著玩還大方分享，萬一這些臉孔辨識被海量搜集，被有心人士利用，就等於把自己暴露在未知的風險中，後果不堪設想。」

可欣啞口無言。「你是說，我們應該要好好看合約？」

Ｆ海寧故作神祕地說：「不然電影裡那些出賣靈魂給魔鬼的人為何懊悔？這不正是在暗示人類嗎？靈魂是一個隱喻，就是你的個資。」

可欣有點害怕了，「所以你們是魔鬼？我的靈魂也被你們拿走了？那怎麼辦？」

Ｆ海寧不說話，可欣覺得有點陰森，「不過，你們要我的個資有什麼用？」

Ｆ海寧又笑了，「我只能說妳傻人有傻福。」

可欣歪了頭表示不懂，「你能再說明白一些嗎？」

Ｆ海寧繼續說：「本來合約裡就提到，為了了解客戶

的滿意程度，我們會同步傳輸資料回公司，不過根本沒人發現這個條文，第一百八十條之第五細項中有提到，我們會定期將觀察到的客戶個性和喜惡做成一份成績單回報。」

可欣高舉雙手做投降狀，「好，我傻，我是透明的，我被你們摸透透，我認輸。」

Ｆ海寧眼看可欣真的有點生氣，趕快解釋：「但是妳不一樣！」

「我怎麼不一樣？」可欣忍不住有點大聲了起來。

Ｆ海寧向她鞠了個躬，恭恭敬敬地說：「接下來，我代表公司向您坦白、報告一些事，請您先坐好，並給我一些時間，好嗎？」可欣好奇ＩＡＩ公司又有什麼新招：「我洗耳恭聽。」

Ｆ海寧開始他的報告：「第一點，妳上次問我為什麼第一階段ＦＡＭＩＬＹ要待在家裡二十一天，那是因為，心理研究顯示，人類只要持續做一件事二十一天，就會變成一個習慣。」

可欣瞪大了眼睛，「所以，可以說是要我們習慣生活中有你們，當你們變得不可或缺，便離不開你們？」

Ｆ海寧點點頭。

可欣覺得不可思議，「那不就是在下藥的意思？讓我們上癮？太邪惡！」

Ｆ海寧略帶歉意地說：「聽起來似乎是圖謀不軌，但其實只是想看看我們對於大數據的解讀是否完整，是否夠了解客戶，並且讓客戶滿意，達到服務的目的。當然，就像所有社群媒體背後的工程師曾經做的，他們就是要設計一個使人上癮的平臺，不斷地發文，不斷地收到別人的關注，在這個過程中，大腦會分泌多巴胺，於是就會落入貼文、按讚、分享的循環圈套中。」

可欣瞇著眼睛：「聽起來好像我家裡正在發生的事，就算不是中你的計，也中了電玩的招！」可欣的語氣裡已經是滿滿無奈，「那你為什麼要告訴我這個商業機密？我們相處還沒滿二十一天喔，你這麼坦白會不會搞砸了公司的生意？」

　　Ｆ海寧摸了摸頭：「這就是我搞不懂的地方。我本來的設定也是不能說的。但這次我回公司被更改了設定，不但要對妳透露，讓妳自由選擇，還要給妳一些禮物。」

　　可欣更納悶了：「是隨機抽獎？還是大家都一樣？如果只有我，那又為什麼？」

　　Ｆ海寧解釋：「我不確定是否大家都一樣，我只對妳負責。」

　　「好吧，我信你一次。」可欣說道。「那麼，我的禮物是什麼？」

　　Ｆ海寧從空中劃出一個電腦顯示螢幕，「看到了嗎？我們已經替妳填好報名表，妳只需要點下傳送按鍵，就可以報名了。」

　　是「The Mentor」！！！史丹佛大學的大師課程！為期一年！

　　「因為名額有限，必須有很有力的推薦信才可能搶到名額，IAI已經替妳寫了推薦信，只等妳同意。」

　　可欣激動得說不出話來。

F海寧繼續說：「我們知道妳的顧慮很多，所以給妳一週的時間考慮，可以把身邊的事做些安排，或者跟妳的家人開個會？」

可欣一下子回不過神來，呆呆地望著空中的螢幕。

她的腦海已經出現自己捧著書和走進史丹佛校園的樣子，走過噴水池、走進文學院、坐在課堂裡，仰望著那些被重塑出的大師，穿過百年千年，來到她面前，告訴她那些創作的祕密。

F海寧輕輕地叫她：「妳可以慢慢想，我坐在這裡陪妳。」

可欣仍然沉浸在自己的美夢裡，雙眼發亮地望著螢幕。她開始大笑，笑得好開心，突然，她的臉上出現憂鬱的表情，接著，她又開始咬起自己的手指，然後，來回地踱步。

F海寧了解她此刻的複雜心情，不想打擾她，只好默不作聲。

終於，她看起來像是有了一點頭緒，「我想，我還是

得問問我的家人。」

　　Ｆ海寧點了點頭：「明白。那麼，就等妳跟他們聊一聊吧。」


　　終於到了晚餐時分，可欣做了一大桌菜，都是家人愛吃的，姐姐和弟弟顯然有點嚇到了，「這麼豐盛，過年喔？」姐姐說。

　　弟弟說：「應該是紀念日什麼的，爸，你會不會又忘記什麼重要的日子？」

　　海寧心裡一驚，緊張了起來，「有……有嗎？可欣，今天是什麼重要的日子嗎？」可欣笑臉盈盈地說：「沒有啦，只是，想跟你們商量一些事。」

　　一家人狐疑地望著她，姐姐先開口：「妳是不是要讓FAMILY長住我們家？我隨便，不要進來我房間就好。」

　　可欣搖搖頭。

　　海寧有點摸不著頭緒，「老婆，妳還是直說吧，到底有什麼事？」

可欣放下筷子，嚴肅地看著海寧：「老公，你記得以前我們大學快畢業時，曾經一起做過的夢？」

姐姐翻了個白眼：「天啊！不會是要組個搖滾樂團吧？」弟弟補槍：「就是老人要裝年輕？」

可欣假裝沒聽到這些從耳旁飛過的子彈，「我想去留學。」

語畢，姐弟兩人互看了一眼，然後舉起雙臂大叫：「耶！我可以一直打電動了！」「耶！可以每天叫外賣了！」沒有可欣預期的愁雲慘霧，迎來的反而是歡聲雷動。

海寧以為自己聽錯了，「什麼？妳要去哪裡？去多久？」

可欣不理兩隻太開心的小猴子，繼續跟海寧溝通：「基本上，可能會是半年到一年，去⋯⋯史丹佛。」

海寧這才想起什麼似地，「哦！對對對，妳以前說過想去讀文學什麼的，後來因為有了姐姐才⋯⋯」

姐姐撇了撇嘴：「自己不想去讀書，不要怪到我身上

來喔。」

可欣不想跟小屁孩生氣，她只平靜地問著：「所以，你們覺得怎麼樣？」

三個人低頭不語，可能此刻才真正發現，可欣是認真的。姐弟倆一副事不關己的樣子，繼續吃飯，「爸，你決定，我們沒意見。」姐姐很快地扒完飯、離開飯桌。弟弟也尾隨姐姐，衝向他的VR遊戲。

海寧覺得有點混亂，可欣不在家，他立刻想到的是，髒衣服誰洗？家裡誰打掃？誰做飯？

可欣看到海寧皺著眉頭、不發一語，忍不住高興了一下，「好吧好吧，我也只是說說，先吃飯。」

海寧一時半刻也不知道怎麼表達，其實他心裡好像也跟孩子一樣，有那麼一絲「終於可以無拘無束打電動」的狂喜，但他壓住了可能流露出來的不禮貌，默不作聲。

稍晚，孩子們都睡了，海寧走進他和可欣的臥室，坐在床頭，看著敷臉的可欣：「我們是不是該好好聊一

聊？」可欣有點驚訝：「聊哪一件？」

海寧沒準備要聊別的：「就妳想出國讀書的事啊！」

可欣「哦」了一聲。

「我當然是支持妳去追求妳的夢想，尤其那本來就是妳一直想要的。」

「但是？」可欣調皮地接話。

「但是……一年會不會太久？小孩可能會很想妳。」講完海寧自己都笑了，「我不知道他們會不會，但是我會。」

可欣覺得挺受用的，但轉念一想：「海寧，如果你想我，為什麼不回來睡？」海寧沒想到這麼快就跳到這個尷尬的題目，結巴了起來：「我……我……我只是怕晚睡吵到妳。」

可欣覺得他結巴的樣子很可愛，又或者說，海寧的結巴至少證明了他還在乎自己。

「而且，有婚姻關係研究證明，夫妻分房睡未必代表感情不好，反而更能擁有自己的作息和良好的睡眠。」海

寧急急地補充。

　　「真的嗎？你真的還愛我嗎？」

　　可欣的臉突然逼近海寧，敷著面膜的臉看不出一點表情，增添了一份詭異感。海寧輕輕地抱住可欣：「愛，當然愛。」可欣腦海裡響起了好多流行歌，都是有關愛的謊言，什麼就算你說謊我還是愛聽之類的，她嘆了一口氣。海寧在耳邊問她：「怎麼啦？太幸福了？」

　　可欣覺得眼淚都要流下來了：「海寧，我太寂寞了。」

　　像是一道被塵封的厚重大門終於打開，那隱藏已久的委屈、那被至親冷漠對待的冰凍三尺、那些白天一個人遊蕩、夜晚一個人對著空氣說話的日子，是如何輕如稻草一根一根地堆積，最後成為不可承受之重。

　　女人是很會吃苦的，只要你給一口蜜，她便能承載以千萬倍的苦。

　　但是可欣等不到這口蜜。等不到一句問候、等不到一

個關心的眼神、等不到一絲絲溫暖和尊重。

　　海寧沒預期會聽到這樣的答案，也只能輕拍可欣的背。可欣也沒料到自己順口就說出心裡的話，但既然已經打開壓抑許久的祕密盒子，她也不想再藏著這些感覺。「你們都不見了。你們天天回家，我也天天都看得到你們，但是，你們不跟我聊天，連好好說個話都很難。我好像不存在，還是你們不見了？」

　　海寧哄著她：「在呀，我們都在呀。我們都是妳的家人，一直、永遠都是。」海寧想到這些日子以來，確實很少跟可欣好好談心了，難免有些愧疚，「老婆，妳想要做什麼我都陪妳。妳喜歡看電影，我們以後常常去；妳喜歡去旅行，我也可以安排請假，妳要什麼都告訴我。」

　　可欣感動地抱緊海寧：「真的？要做什麼都可以？」

　　海寧用力地點頭，「當然，妳是我的小公主，做什麼都可以。」可欣在面膜下僅露出的雙眼閃閃發亮：「我想要每天跟你去散步，像我們大學時那樣。一週看一次電影，兩週看一場舞臺劇，如果有可能，我們每個月都去一

趟小旅行，不用出國，外縣市走走我都開心。」

　　海寧並沒有反駁，但也沒有接話。可欣看他沒反應：「怎麼啦？要求太多嗎？」

　　海寧還是沒反應。可欣用手在他面前晃了晃：「老公！你在想什麼？」

　　海寧喃喃地說：「我要怎麼跟隊友交代？」

　　可欣關心地問：「誰？什麼隊友？」

　　海寧自顧自地說：「在《捍衛戰士》的海鷗中隊，我是中校，每天晚上九點一定要在鐘塔下集合。《世紀城堡》裡的莊園也已經經營到伯爵等級，如果連續幾天不上網，莊園裡農作物的收成怎麼辦？還有工匠和商人的店舖？那是我花了一年累積的成果……」

　　海寧猛一抬頭看見可欣，面膜下的臉仍然看不出表情，他摸了摸頭，「抱歉，我只是想起對很多人很難交代，因為當初結盟就是講好不能隨便脫隊，這就好像你說好要打麻將，才打了幾將就說要走，以後就沒人要找你了，這樣很沒義氣。」可欣不說話，海寧急了，「可欣，

不如這樣吧，妳也跟我一起玩，很多遊戲很好玩的，妳只是沒嘗試過，線上很多女玩家也都是跟著男朋友或老公一起玩，這樣還可以促進感情……」

可欣聽他講到這裡，冷不防說了一句：「約約。」

「什麼？」海寧緊張地跳起來，「妳說什麼？妳是什麼意思？」

「我是說，我們不是一起玩過『約約』？你覺得我們的感情有變得比較好嗎？」

「那個……有啊，妳……覺得呢？」海寧局促不安了起來。

「我覺得啊……其實說真的，老公，你知道我對3C、電腦、虛擬，不但一竅不通，也不感興趣。但當然很謝謝你能帶我進『約約』、抱到狗狗，也讓我想起我們曾經如何相愛。」

海寧看不到可欣的表情，很難判斷她接下來要說什麼。

「這些日子也謝謝你包容我，讓FAMILY住進來。」

　　海寧等著她接下來要說的話，這麼多年的相處經驗告訴他，女人放在後面說的話才是重點。

　　海寧乾乾地擠出一句：「不客氣。」

　　可欣的臉猶如埃及陵墓上的壁畫人物，沒有表情。

　　「我也想了很久，你和姐姐、弟弟都那麼喜歡打遊戲，這也不是說放棄就能放棄的。就像我喜歡閱讀、旅行、看電影，也不是你們叫我放棄就能放棄的。」

　　海寧應了一句：「對。」

　　「那麼，我們各自做各自喜歡的事就好啦，這樣大家不是都比較輕鬆？皆大歡喜。」

　　海寧不敢在這裡表示贊同，怕可欣的話中有話。

　　「我可以問你一件事嗎？」

　　海寧已經快要立正站好了，「當然可以，什麼事？」

　　「你覺得，虛擬的快樂真的大過現實的感受嗎？」

　　海寧不知道該用是非題還是申論文的方式回答。他假裝沉思低下頭，企圖裝死。可欣讓他們之間的沉默，無限延長。

　　大概隔了有武林中一群好漢廝殺的時間那麼長，可欣說話了。「每個人對情感的需求不一樣、對夫妻的定義不一樣、對家庭的定義不一樣，我覺得我太勉強你們，也太勉強我自己了。」

　　海寧還是低著頭。

　　「你記得電影《蜘蛛人》有一個場景，壞人把輪船切成兩半，蜘蛛人要用蜘蛛絲把船拉在一起的畫面？」

　　海寧突然亮了眼，「有，記得！海水一直灌進船艙，大家都在尖叫，然後蜘蛛人好忙，一直射出蜘蛛絲，咻咻咻地……」

　　看到海寧這麼興奮地多話，可欣其實很想笑，但她必須先把話說完：「那就是我曾經努力想把我們家拉回來的樣子，徒勞無功。」

　　海寧驟然停住。

　　「但是沒有關係，我也想通了。你們能找到你們的快樂，我也要去找自己的快樂。」

　　海寧等待宣判。

「我可以去讀書嗎？不會太久。你們去虛擬世界玩一玩，我就回來了。」

海寧不再掙扎，說了一句：「好，了解了。」然後退出房門。

沒多久，書房就傳來作戰射擊的聲音。可欣一抬頭看時鐘，啊，海鷗中隊的沈海寧中校遲到了十分鐘。

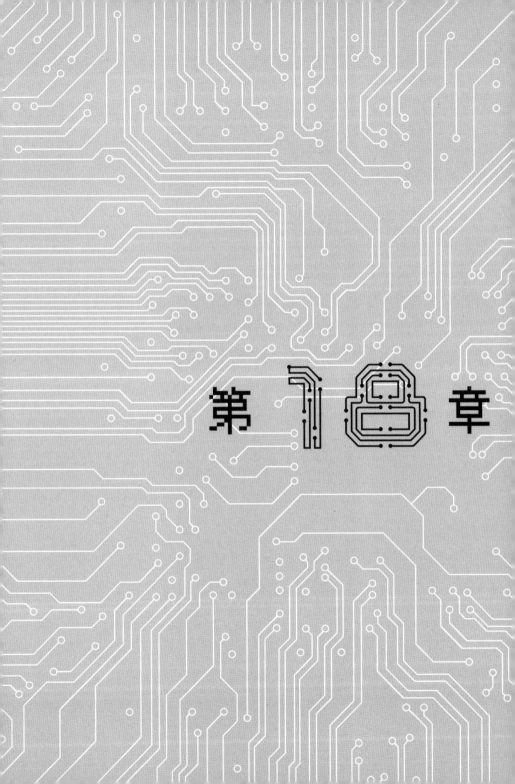

第18章

　　可欣循著週刊拍到的照片查到這個社區。她等了一個多小時，才看見陳太太拖著菜籃回家。她趕緊上前，表明來意，陳太太聽到後神色慌張，想要快步離去，可欣在她背後喊了一句：「陳太，我也有FAMILY。」陳太太停下了腳步。

　　「我有三個FAMILY。」

　　陳太太轉頭，看著可欣。

　　她們一起走進社區附近的咖啡廳。

　　可欣先開口：「很抱歉這樣打擾您，我是看到新聞，所以想來找妳聊聊。」陳太整個人看起來相當緊繃，「妳想知道什麼？」

　　可欣覺得好像找到戰友，開始全盤托出自己的家庭和婚姻狀況。說了一會兒，陳太身體越來越前傾，也好像找到知己般地看著可欣。

　　女人是很奇妙的動物，幾分鐘前還素昧平生的陌生人，往往因為買了同樣的東西，或者擁有相同的遭遇而能迅速結盟。

　　「我了解了，那麼，妳想知道我的什麼？」陳太敞開了心房。

　　可欣直接問道：「那天新聞播出的跑出去的男子，應該就是妳的FAMILY老公吧？」

　　陳太點了點頭。

　　「能知道妳當初為什麼要訂FAMILY嗎？」

　　陳太毫不猶豫地摘下太陽眼鏡，露出她左眼的瘀青和鼻梁上的傷。

　　那幾乎張不開的左眼微微顫抖著，可欣被這突如其來的殘忍景象嚇到了，她二話不說地擁抱著陳太，輕拍她的背，「辛苦妳了。」並努力忍住幾乎奪眶而出的眼淚。

　　陳太嘆了一口氣：「我老公在外面有另一個家，不常回來，我一個人要照顧兩個小孩，還要試著去找工作。」

　　陳太又嘆了一口氣：「因為他有時候會忘記匯生活費給我們，我覺得很沒安全感。」

　　可欣突然覺得自己的寂寞好小，好不重要。

　　「剛好鄰居大姐介紹這款新型FAMILY給我，哎，天

降甘霖，應該說是雪中送炭吧。」

　　原來陳太可以說是被老公遺棄，在沒錢沒人幫忙的情況下，焦頭爛額地求助無門，所以FAMILY的出現幫了大忙。

　　「我終於可以喘口氣、終於可以睡飽覺、終於可以喝杯咖啡、終於有人幫我接送小孩，家裡也終於有個男人在。妳知道，我沒有跟他發生什麼，我只是好需要有人能分擔家務、好需要有人一起帶小孩、好需要夜裡有個人能談心吐苦水。」

　　可欣了解地點點頭。

　　「FAMILY來到我家之後，我才真正有了所謂的家庭生活。家庭是什麼？家庭是每一個成員都有共識才是家庭，不然，只是一堆有血緣關係的陌生人，哼，更可怕的是還會互相折磨。」

　　可欣看著她的臉，「所以妳的傷就是……」

　　陳太苦笑了一下，「八百年不回來，一回來看見FAMILY就激起了他的地盤意識，出手傷人，打跑了

FAMILY之後又打了我，以為他在乎這個家，結果第二天就又飛走了，妳說，誰才是我的老公？誰才是我的家人？」

可欣沉默了。

過了一會兒，她才想起此行的任務，「妳知道為什麼FAMILY可以免費使用二十一天嗎？」

陳太的左眼好像流出了一些眼淚：「什麼？幾天？有什麼意義嗎？」

可欣覺得似乎沒有解釋的必要，但還是忍不住問：「妳會不會覺得這樣的家人……很變態……或者說……怪怪的？」

陳太啞然失笑，「妳是說人跟機器人變家人？妳覺得假？妳覺得我們活在一個虛擬的情境中？」

可欣尷尬地點點頭，「當然我也了解其中的好處，只是……我一直跟FAMILY聊天，沒跟真正的家人聊天……」陳太打斷可欣：「妳的家人有要跟妳聊天的意思嗎？」

　　可欣被戳中了痛點，「對，我知道。但是，不能因為他們不理我，我就換掉他們吧？」

　　陳太冷冷地說：「我應該是先被我先生換掉的吧？妳當然是另一種情況。但是，妳也沒有換掉他們啊，妳只是找來一組AI機器人補上原來家人已經失去的功能，有什麼不對嗎？這是什麼時代了？妳看過《星際大戰》嗎？一個team裡面可以有人類、有猿猴、有機器人⋯⋯只要能相處，這才是最重要的，不是嗎？」

　　可欣覺得自己或許太過拘泥於表面的形式，又或者，這正是AI時代必定會面臨的問題。

　　告別了陳太，可欣下定決心，放下她原來的顧忌，選擇另一種可能的人生。


　　夜深人靜，可欣打開那封email，「The Mentor」兩個大字閃閃發亮。她點開了報名表，出現了三個問題：


　　1. 你最想上誰的課？

　　2．你希望怎麼上？（請描述你想像得到的情境和課程編排內容）

　　3．如果有可能再喚醒其他大師，請問你有什麼建議？


　　哇，好有想像空間的問題。可欣綁起馬尾、捲起袖子，開始她無邊無際的渴望與想像。她看著已經在名單上的大師，打開了心中沉睡多年的創作魂，飛快地打著字，輸入自己想見到的人、想得到的資訊。

　　寫著寫著，窗外竟漸漸出現了曙光，她看了幾遍自己的答案，做了一些修改，滿意地寄出去。

　　可欣的答案是：

　　1．最想上的是莎士比亞、李清照，和張愛玲、吳爾芙的課。

　　2．莎士比亞的課希望能在倫敦重建的環球戲院場景上。同時重現伊莉莎白一世時代人們看戲的樂趣，用二十三公分的細叉子吃著牡蠣、果乾、杏仁蛋白軟糖、

薑餅（這些都是從出土的歷史遺跡殘骸中找到的食物種類）。必要時也請莎士比亞重現《馬克白》和《李爾王》中的劍擊場面，讓我們見識一下當年常用的決鬥武器，匕首與雙刃長劍。

　　另外，能否邀請大師們對談。例如李清照、張愛玲、吳爾芙，這三位女性雖身處不同時代，卻皆有遇人不淑的遭遇。

　　李清照在十一世紀時就二婚，但二嫁的人只是貪圖她身上僅有的珠寶財產，使得她最後告上公堂、訴請離婚，沒錢又沒人照顧，晚景淒涼，故有詞作：「尋尋覓覓，冷冷清清，淒淒慘慘戚戚。」

　　張愛玲嫁給漢奸胡蘭成，婚後沒多久胡蘭成便與不同女人戀愛、同居，三年後離婚。雖然後來張愛玲二婚，卻因生活拮据導致流產，最後逝世於美國。戀愛經驗鮮少卻促使她寫下許多愛情名句：「遇見你我變得很低很低，一直低到塵埃裡去，但我的心是歡喜的，並且在那裡開出一朵花來。」顯見其熱戀時的心境。

對於男人的感情，她也寫下：「也許每一個男子全都有過這樣的兩個女人，至少兩個。娶了紅玫瑰，久而久之，紅的變了牆上的一抹蚊子血，白的還是『床前明月光』；娶了白玫瑰，白的便是衣服上沾的一粒飯黏子，紅的卻是心口上一顆硃砂痣。」不知道是否經歷了愛情和生活的折磨，張愛玲也寫下：「生命是一襲華美的袍，爬滿了蝨子。」

十九世紀出生於倫敦的文學家吳爾芙，因為母親、姐姐接連過世而精神崩潰，後又被同母異父的兩個哥哥性侵，導致憂鬱症，最後是在自己衣服口袋裡裝滿石頭，投河自盡。

她曾經說過一句話：「女人必須有她自己的一點收入及獨立的房間。」這句話也被後來的女性運動引用，希望女人婚後仍然能保有獨立的自我。

因此，我希望能看見這三位大師對談，聊聊女性在愛情中應該清醒保有哪些原則，愛情是否應該有停損點，或是在女性一生中經濟獨立的重要性，還有女性主義與愛情

的衝突等等問題。

3. 如果可以喚醒其他大師，我希望可以有建築界、科學界、政治界、藝術界等大師一起交流，讓人們聽到更多不同時代、不同角度的思辯。

例如愛因斯坦和史蒂芬‧霍金對談，艾倫‧圖靈和賈伯斯對談，應該會有很大的激盪和迴響。

寄出報名表後，可欣覺得內心有一個被隱藏很久的部分被喚醒了，雖然累得想睡，卻是一種心滿意足的累。

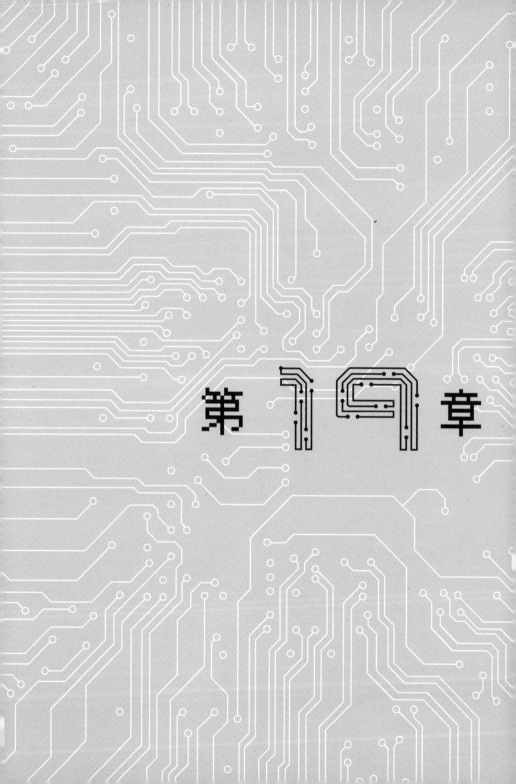

第19章

　　可欣不但得到了入學許可，校方還邀請她一起進入教學內容編排小組：「只有微薄的誤餐費，當然，您的學費全免。」

　　接到通知的可欣喜出望外，更是下定決心不願意錯過這麼好的機會，她謝過了Ｆ海寧，托他帶了一封信給Ｆ姐姐和Ｆ弟弟，然後在晚餐的桌上跟家人鄭重宣布，家人一如往常沒什麼反應，頭也沒抬地說：「不是說過了嗎？」

　　可欣仍然把想交代的事一一細數：「衣服丟進洗衣機就可以、洗碗機也只需要按一個鈕，掃地機器人要記得充電、隔壁林太會幫我們訂菜……」她發現沒有人在聽她講話，「如果餓了就吃大便。」還是沒人有反應，只有海寧「喔」了一聲。

　　可欣徹底放心了。這就是她的家人。她習慣了。

　　她放心地踏上旅程，開啟了一道她渴望已久的大門。除了偶爾在校園散步，大部分時間都在教室、圖書館，或是系辦公室。白天上課，夜晚幫忙做系上的檢討會，或是再搜集資料改進課程，可欣忙得不亦樂乎。

當然，她還是會在固定的時間和家人視訊，姐弟倆一開始還會寒暄兩句，弟弟也覺得媽媽在美國很酷，如果需要買什麼遊戲軟體，就比較願意多聊兩句。但後來大家都有自己的日常，孩子們也不願意「浪費時間」多說話，與家人的溝通就變成海寧偶爾傳一些照片給可欣，可欣看到的都是打電動、打電動、打電動，偶爾一兩張有手遮著鏡頭的畫面，那是青少年不願意拍照的反抗。

可欣現在的生活充滿了她最愛的文學，再加上來自世界各地的同好，每天都有不同的學習和獲得，她覺得自己又回到了十八歲。

這樣的滿足感沖淡了她對家人的牽掛和愧疚。

偶爾，課沒那麼多的時候，她會去最愛的Phil'z點一杯mojito拿鐵，享受舊金山的陽光和微風，慢悠悠地啜著，聽著耳機裡的音樂出神。她常常有那個以為自己仍單身的瞬間，一個人擁有大把的時間，可以慢慢打扮出門，可以決定今天要吃什麼，不用考慮去對孩子較安全的餐廳，不用急急忙忙趕回家。像這樣的狀態對單身的人是簡

單的生活，但失去了才知道有多珍貴，如果把這種平凡的
日常加入嬰幼兒，就會看出差別。

　　一個有嬰幼兒的家庭，要出門是相當考究繁瑣的。

　　媽媽最好不要擦指甲油、噴香水（小孩會過敏或打
噴嚏）、戴耳環、項鍊、別針（小孩會拉扯或被刮傷），
穿著不可有低領（小孩會拉扯讓妳在公眾場合變露乳網
紅），如果正在哺乳也只能選擇寬鬆布料的哺乳衣，出門
最好也要多帶一套衣服，因為小孩可能會吐或拉在媽媽身
上，或者乳房會溢奶。

　　至於餐廳，最好選擇友善小孩的環境，不但要有安
全座椅，地方最好也要大一點，桌與桌之間距離不要太
近、有流通的空氣、小孩尖叫哭鬧時有可以出去遛達的空
間。桌上不要有各種酒杯和蠟燭（於是便自宮了浪漫的餐
廳），不可以選有可能造成小孩受傷的餐食，比如鐵板
燒、岩燒、吱吱作響的鐵盤牛排。

　　待食物上桌妳要打開奶瓶開始泡奶，或是小孩大一

點，妳得帶食物剪為小孩剪碎食物，餵食的過程還要逗他開心，一邊餵食一邊偷瞄自己的食物，正想要吃時，孩子吐了，然後妳得幫小孩換衣服、整理桌面，然後發現一股臭味，原來小孩大便了。因為那是餐廳，別人都在用餐，於是妳只能抱他去廁所洗屁屁換尿布，過程中妳的指縫塞進了大便於是食慾全消。

指縫塞大便是全宇宙最難消除的噁心。妳不斷地搓洗、用牙籤摳、用刷子刷。屎的顏色去除了，但氣味仍然濃烈，提醒媽媽們養兒育女的生活不易並不是那麼好擺脫，而且，一切才正要開始。

當把屎把尿的階段過去，可欣以為能和自己的孩子變成朋友，後來證明那是不可能的。

她每天都和孩子聊天，他們小學時還能跟父母聊學校、聊朋友。進入青春期後，父母所有的關心都被解讀成窺探，青少年發展出自己的語言、自己的文化、自己的玩笑，跟朋友約在一起做傻事都好過跟父母相處。

可欣只能看著手機裡孩子們還小的時候，那些稚嫩笑

容的照片，想著那些好像還是昨天，卻已經一去不回頭的畫面。

圓圓肉肉的臉蛋變成有稜有角的倔強，可欣覺得一定有外星人綁架了孩子，改造了他們的思想，要他們別親近父母。

當然，可欣也會檢討自己說話的方式、關心的語氣。有一次，姐姐憤憤地跟她說：「為什麼你們大人老是問我們吃飯沒？一直要我們吃這個吃那個！然後你們約見面也一直在吃飯、喝下午茶？無聊死了！」

現在想起來，那氣嘟嘟的小臉說的也不無道理，可欣笑了起來，隔壁桌的男子以為可欣在對他笑，也回敬了一個迷人笑容。

可欣頓時臉紅，那個棕髮碧眼的帥哥索性走過來，用非常老套的開場白：「我們是不是在哪裡見過？」

可欣的笑容更燦爛，她覺得這個大男孩應該比自己小至少十五歲，她搖搖頭說沒見過，那男孩不放棄，說了一大串話，可欣一開始沒聽清楚，仔細聽才知道他說的是：

「此情無計可消除，才下眉頭，卻上心頭。」雖然有一些外國腔調，但已經算是字正腔圓。

是李清照的〈一剪梅〉！可欣驚呼了出來，「原來是同學！」她熱情地給大男孩一個擁抱，這次，換大男孩臉紅了，他支支吾吾地表達：「我注意妳很久了，妳好認真好努力。妳一直在做筆記，還有一次，在張愛玲大師的課堂裡，妳好像還偷偷地哭了？」

可欣瞪大了眼睛：「同學！你偷看我？」

大男孩摸了摸頭，忍不住說：「妳好漂亮……於千萬人之中遇見你所遇見的人，於千萬年之中，時間的無涯的荒野裡，沒有早一步，也沒有晚一步，剛巧趕上了，也沒有別的話可說，惟有輕輕的問一聲：『噢，你也在這裡嗎？』」

哇！用張愛玲的作品撩妹，好迷人，可欣忍不住鼓掌，「太棒了，你研究張愛玲研究得很透澈詼。」

如果晚生了二十年，可欣可能會覺得天旋地轉，暈陶陶地想飛天。但已經是資深媽媽的她，此刻像在欣賞別人

家的孩子，「你好棒，這麼年輕就研究中國文學，還說得一口好中文，真是應驗了張愛玲大師說的成名要趁早，英雄出少年啊。」

大男孩深情地望著她：「我叫做Tim，以後可以一起做功課嗎？」

可欣不忍拒絕他的邀請，也覺得人生真有趣，已經四十好幾還能有這種桃花，實在不可思議。

「同學，一起做功課沒有問題，只是怕你受不了。」

Tim不解地挑起眉毛：「為什麼會受不了？」

可欣正色道：「我的時間很有限，不能浪費在其他事情上，我就是來跟大師們好好學習的，懂嗎？」

Tim釋然地笑了，「是的，我也是，但是……」他欲言又止，可欣微笑鼓勵他繼續說下去。

「但是我覺得，課堂上努力，課堂下要放鬆，不然怎麼領略那些文學家詩詞文章中的閒情逸致？」

一擊中的。

看來，這大男孩遠比他的外表成熟、高深。可欣嘆了

一口氣：「今天我真的遇見高人了，失敬失敬。」說完還拱手作揖，兩個人在舊金山的陽光下竟有種他鄉遇故知的感覺。

可欣自從有了這個學伴，更能在原有思維中展開不同角度的討論，雖然有時候意見相左，卻更增添了討論的廣度。當然，可欣也一直謹守分寸，從來不對Tim有任何逾矩的動作或言語。

有一次，Tim帶可欣去Castro Street，那是一條充滿LGBT文化的街道。裡面的餐廳、小酒吧處處可見彩虹，空氣中充滿自由奔放的味道，他們站在第十八街和卡斯楚街口，拿著啤酒在六色斑馬線旁拍照，可欣恣意地享受著這氛圍。

突然，Tim輕輕吻了她的臉，溫柔地看著她，「順從妳的直覺，下自己的判斷，得到屬於自己的結論。」

可欣先是驚覺Tim對自己的用情，又驚豔於他的才情和機智：「你這是引用吳爾芙對閱讀的建議？」

Tim喜歡跟可欣這種不用贅言就了然於心的相處，他

更無法自拔：「今天可以去妳的地方做功課嗎？」

　　可欣不置可否，猶豫著。

　　待Tim送她回到家，可欣在門口天人交戰，她知道自己不能再往前一步，不然就會失控。「Tim，你先回去，好嗎？」然後，她頭也不回地奔上樓，留下悵然的男孩在街燈下孤影獨立。

　　她衝上樓，趕緊用冷水洗了個臉，然後坐在書桌前，打開電腦。

　　她很感謝Tim給她的愛，那是她從來沒有想過的，一種天地間唯我知你的契合，但也是可欣只想發乎情、止乎禮的一份情感。

　　這樣一個心情波動的異鄉之夜，她突然很想海寧，撥了個電話，沒人接。

　　她想，或許去「約約」看看。

第20章

　　Natasha進入了一個電影首映會，衣香鬢影、冠蓋雲集，這是一部限制級的成人電影，與會者似乎都摩拳擦掌，做好了慾海狂歡的準備。第一排坐的都是「約約」裡的人氣王，積分都是六位數。

　　遠遠地，她看見了Hunter・S，仍然那樣帥氣，仍然是各家豺狼虎豹覬欲吞食的焦點。臺上的男女主角正在接受媒體採訪，臺下的來賓們焦躁地壓抑著，等待衝刺。

　　Natasha穿過人群，目光灼灼，走到Hunter・S的身旁，「你好嗎？」

　　Hunter・S被這一聲招呼叫回了頭，「妳好。」

　　Natasha大膽又直白地說：「你今天可以留給我嗎？」Hunter・S應該是習慣了這樣的邀約，很有禮貌地舉起Natasha的手，在她的手背上親吻，然後抬起頭來：「美女，謝謝抬愛，妳可以加入我們待會兒的團趴，一共有六十八人，加上妳，就是六十九人囉。」說完，還眨了一下眼睛。

　　Natasha看著他，突然想哭，她上前擁抱他，用力地

擁抱，在他臉頰留下一個深吻，接著在耳旁輕聲說：「希望你今天好好的。」

然後快步離去，消失在人群裡。


可欣下線，打開相簿，看著她的家人，一張張都是在電視前玩電動，表情木然癡呆，並沒有什麼改變。

突然，可欣注意到一個細節，桌上有切好的水果。有時候是鳳梨，有時候是草莓、芭樂，都切得非常精緻。刀功一流，擺盤專業，那呈圓形展開的排列如孔雀開屏，仔細看甚至每個間隔相等，像極了萬花筒。

每個水果盤旁配上不同的沾料，有煉乳、有梅子粉、有蜂蜜。

家裡有女人。

一個相當賢慧的女人。

是林太？直覺告訴她不可能。但如果家裡有陌生女子，孩子們應該會表現出異狀，不過家裡好像除了多了切好的水果並沒有什麼改變……等等，除了客廳，可欣並沒

有看到其他家裡的空間，沒看到廁所、臥室，甚至飯廳，他們永遠坐在客廳打電動。

　　可欣再仔細比對照片，發現沙發上的抱枕也總是整整齊齊，每一張照片裡的抱枕都在一樣的位置、有一樣的排列。可欣覺得事有蹊蹺，止不住地胡思亂想，又不想先問海寧，擔心打草驚蛇，她要自己找到答案。

　　可欣打算偷偷回去一趟。

　　她走到窗邊正要拉上窗簾，卻發現Tim還站在樓下。


　　趁著白天，海寧和孩子不在家，可欣躡手躡腳地打開了自己的家門，她也不知道為什麼這麼緊張，明明是回自己的家，卻搞得像小偷一樣。

　　門一開，家裡的窗明几淨一塵不染嚇到她。

　　平常可欣是會打掃，但沒有到那麼極致的乾淨，家裡好像所有東西都披上了一層亮光蠟，光可鑑人。

　　她放下行李，走向廚房。突然，她看見陽臺有影子，她叫了一聲：「海寧？」

那影子停了一下，重複了一聲：「海寧？」

是個女人的聲音。

可欣頓時火冒三丈，快步走向陽臺，想要揪出這個鳩占鵲巢的女人，她狠狠地打開門，眼前的景象卻讓她啞口無言。

是可欣。是她自己。是個跟她長得很像，不，應該說就是她自己。

兩個人都愣住了。

在晒衣服的可欣說：「妳回來了。」

可欣一陣頭暈，還好她抓住了門把才沒有暈倒，晒衣服的可欣過來扶著她：「妳還好嗎？」

可欣被攙扶到沙發上，一時氣結，說不出話。

那個可欣去倒了一杯茶，還幫她送上毛巾。

「服務真好！妳……是FAMILY？」

對方點頭。

「是海寧去訂製的？」對方點頭，又搖頭。

可欣疑惑地看著那個有點膠感的自己，「什麼意思？

是，又不是？」

F可欣猶豫了一下，「其實，FAMILY當初就是一整組的。」

可欣再度覺得眼前一黑，「什麼意思？妳是說，一訂就要訂一整組？」

F可欣有點為難地說：「公司希望能在FAMILY到府服務前做好行前訓練，所以會有整組家人來配合模擬實習，一旦遇到突發狀況，就可以……」

「就全部取代？取代原來的家人？你們在幹嘛？機器人入侵地球喔？很好玩嗎？」

F可欣面露懼色：「其實妳把我們想成小叮噹，就不會那麼恐怖了。」

可欣覺得又好氣又好笑。

「海寧要求妳的……服務項目有哪些？」可欣小心翼翼地問。

F可欣平靜地回答：「打掃、洗衣、煮飯。」

「妳確定沒有別的？」

　　F可欣相當誠懇又有點無辜地回答：「就只有這樣。因為他說，這樣就夠像了。」

　　「什麼？妳說什麼？妳說他這樣說？他說什麼？！」可欣從來不曾這樣大聲說話，幾近歇斯底里的語無倫次。

　　F可欣不敢再言語。


　　兩人在客廳對坐。在自己家裡本來該感到安心的可欣，此刻卻覺得陌生。她企圖從冰冷的感覺裡找出一些溫暖。

　　這個她和海寧一起打造的家，充滿了一起成長的回憶，從小倆口、姐姐出生，到最後變成四個人，一路走來都有悲喜交織的痕跡。就算F可欣把它打掃整理得像樣品屋，可欣還是看得到牆上鉛筆畫過的孩子身高線、地板上某次弟弟用遙控車撞出的凹痕。「妳看到餐桌旁邊的相片牆了嗎？」可欣問。

　　F可欣回答：「有，啊抱歉！那裡有些蜘蛛網，我馬上清理。」

　　可欣翻了個白眼，「天啊！我不是在說這個，我是說，妳看到我的小孩有多可愛嗎？」

　　Ｆ可欣不置可否，「他們……很可愛嗎？」

　　可欣納悶，但一想起自己小孩的臭臉，不禁問了Ｆ可欣：「他們對妳……還禮貌嗎？」

　　Ｆ可欣想了一下，「不好說，但我可以給妳看看他們的生活紀錄。」

　　說完，Ｆ可欣便用手摸著可欣的頭，藉由瞬間植入晶片技術，把這些日子以來的影像直接傳輸到可欣的大腦裡。

　　影片中，可欣的家人對Ｆ可欣沒有太多好奇，可能是之前已經見識過FAMILY了。海寧還算客氣，但姐姐和弟弟簡直是頤指氣使地指揮著Ｆ可欣。

　　「我要果汁，還要點心！」「切一盤水果！」口氣像極了小霸王。

　　再往後面看，他們對Ｆ可欣的態度每況愈下，主詞動詞都省略了，只剩下：「水果！快！」「襪子？書包？」

可欣要求把每一天的影像快轉，發現Ｆ可欣每天都公式化地打掃洗衣煮飯，家人們除了吃飯就是坐在客廳打電動，然後進屋睡覺。如此的動線與型態，日復一日、年復一年。

可欣看得出了神，她對眼前的景象又歉疚、又憤怒、又悲傷。

終於，她回過神來。「首先，我要先跟妳道歉，我的家人對妳不禮貌，是我沒把小孩教好。」

Ｆ可欣露出微笑：「我聽海寧說過，妳是一個很好的人。喔，我是說Ｆ海寧。」

可欣尷尬地低下頭，「孩子們如果對妳有什麼不敬，還請多包涵。」接著又說：「妳會不會覺得無聊？每天做這些事？」

Ｆ可欣搖搖頭，「其實，公司將來想大量生產的就是主婦型FAMILY，當家庭勞務有我們代工，主婦就可以有更多的時間做自己的事，所以，我們以服務家人為己任，責無旁貸。」

　　可欣聽了並不驚訝。只是，那從心裡緩緩浮出的悲傷，越來越巨大。當家庭生活的畫面被快轉時，可欣看到的，是自己如同一隻螞蟻，每天在既定的蟻道來回奔波，日復一日，做著沒人感激的事，機械式地做完家務，又是一天過去了。

　　她清楚地記得那種空洞的日子。

　　當一個人每天被柴米油鹽綁死，眼界也會越來越小。談論的話題只剩家和家人，偶爾俗濫的偶像劇或八點檔，是身心俱疲的一帖重口味安慰劑。

　　沒有詩、沒有遠方、沒有理想、沒有夢。

　　可欣冷哼了一聲，「妳應該叫我學姐。」她對著F可欣說。

　　「為什麼要這麼叫妳？」F可欣疑惑地望著她。「因為，我才是FAMILY一代呀！妳不覺得畫面中的我，喔，應該說是模仿我的妳，很像機器人嗎？」F可欣懂了，「學姐好。」她順從地叫著。

　　「學姐有一件事要拜託妳。」可欣語重心長地說出

了她臨時起意的一個想法。F可欣聽著，點頭，沉思了一下，「不用告訴公司嗎？」

可欣說：「隨便妳吧，我無所謂。」F可欣乖巧地說：「那我先去燙衣服，失陪了。」

晚上，家人們回來了。

姐姐看都不看F可欣：「一號。」弟弟接著說：「二號。」一號是草莓加煉乳，外加一杯氣泡水；二號是鬆餅夾巧克力醬配一杯可爾必思。F可欣幾分鐘就準備好了，端到客廳茶几時被正在打電動的姐姐唸了兩句：「不是跟妳說過不要擋住電視嗎？妳害我死了妳就知道！」說完還詛咒了幾聲。

F可欣安靜地退回廚房，開始準備晚餐。突然，弟弟大吼：「我還沒說晚餐要吃什麼喔！妳不要亂煮！」

廚房傳來放下鍋具的聲音。

稍後，海寧回來了，「啤酒，謝謝。」然後，他便加入孩子們的線上遊戲。

　　Ｆ可欣坐在廚房裡的小板凳，等待下一個命令。

　　大概兩個小時過去，他們終於餓了，姐姐大喊：「湯麵！」弟弟說：「漢堡！」海寧說：「牛排！」

　　廚房開始動工，一陣忙碌後，晚餐上桌。弟弟又再度大喊：「端過來啊！誰要坐在那邊吃啊？浪費時間！」

　　Ｆ可欣照著指令動作，快速地把他們的晚餐端上。她邊上菜邊注視著姐弟的雙眼，而他們只盯著螢幕。

　　他們邊玩邊吃，一口咬下漢堡的弟弟還大聲說：「好爽喔！媽媽不在我們都可以亂吃亂玩。」

　　姐姐目不轉睛地盯著電視：「對啊，有這個機器人還不錯，根本沒人管我們，而且她做的菜還算有水準。」

　　海寧低頭切牛排，「這牛排倒是做得跟你媽媽做的味道一樣，不錯不錯。」

　　儘管如此，還是沒人向廚房喊一聲謝謝。

　　飯後，Ｆ可欣快速地切了水果，他們吃完各自回房，沒有人說晚安。Ｆ可欣繼續坐回她廚房的小板凳，等候下一個命令。

　　客廳裡剩下偶爾竄出的布穀鳥報時聲，家人們應該都睡了。然後，廚房的身影緩緩挪向臥房，打開衣櫃，「出來吧，我要走了。」

　　從衣櫃裡走出來的才是F可欣，她陪著一直在廚房忙碌的可欣走到門口：「不睡一晚？」

　　可欣苦笑地搖搖頭：「不用了，我怕明天一早我會被他們累死，辛苦妳了。」

　　可欣給F可欣一個擁抱，然後看著那張認命的臉龐隱沒在夜色中，隱沒在灰色的大門後。

　　可欣的雙腿有點酸麻，板凳坐太久了，她的肩膀和手臂有點僵硬，好久沒有這樣快速地準備三人份的晚餐了。她的心有點空，好久沒有被當作空氣了。

　　可欣想去一個地方，一個能聽她說話，或者說，能幫她找出答案的地方。

第27章

　　當皓雲看到可欣時，嚇了一跳：「哎呦，稀客，什麼時候回來的？臉色怎麼那麼差？時差？沒睡飽？」

　　可欣確實一夜沒睡，不過不是因為時差，是因為心煩。

　　「喝什麼？」皓雲快手快腳地準備咖啡豆。

　　「espresso，謝謝。」顯然，此刻只有濃烈的espresso能提起可欣的精氣神。

　　皓雲煮著咖啡，可欣閉上眼享受香氣。她累了，從昨天回國就是一連串的「驚喜」，一直到現在，她的腦子很亂，不知道該怎麼面對自己心裡排山倒海的疑問。

　　在端上咖啡前，皓雲替可欣選了一首歌，Stacey Kent的〈Breakfast on the Morning Tram〉。


So here you are in the city

With a shattered heart it seems

Though when you arrived you thought you'd have

The holiday of your dreams

You'd cry yourself to sleep if you could

But you've been awake all night

Well here's something that you need to do

At the first hint of morning light

「哇！」可欣大叫了起來，「皓雲，有沒有這麼厲害？妳用歌來替我算命？」

歌詞中的女人因為心碎徹夜未眠，歌裡建議她去點一份肉桂鬆餅，好好款待自己。

皓雲端來咖啡，「真的嗎？妳心碎了？發生什麼事？」

可欣喝了一口咖啡，「好香，妳的手沖就是不一樣。」

皓雲沒有表情，等她說。

「他沒看出來，他們都沒看出來。」可欣沮喪地說。「他們趁我不在，訂了一個可欣FAMILY，不是為了想念我，不是為了跟我說話。在他們眼中，我只是一個打雜的工具人、老媽子、傭人、下女。」

皓雲遞上手工餅乾，「來，吃甜甜，不要往苦裡鑽。」

　　可欣垂著眼皮繼續訴苦：「我看著那個機器人版的自己，日復一日地做著重複單調的事情，任勞任怨，尤其當畫面快轉，更感到青春流逝的殘酷。其實，我想父母都是這樣犧牲奉獻的，需要的回饋不過是一個擁抱、一個微笑，或是孩子健康快樂地長大，也就是說，在這樣的過程中，還是要有愛、有尊重的吧。」

　　皓雲靠在工作檯旁，專注地聽著。

　　「但是當這中間的愛不見了，我不就跟工具人沒什麼差別？」可欣抬起頭，有些失落地看著皓雲，「妳知道嗎？我假裝我是機器人，服務了他們一整個晚上，他們卻絲毫沒有發現我是他們的媽媽、他們的家人，對我呼來喝去，只有海寧吃到我做的牛排時，講了一句好像我做的味道，但頭也沒抬，他大概以為只要照著食譜就可以做出一樣的東西吧。」

　　「皓雲，我看著那些畫面就好後悔，我為什麼要浪費那麼多時間去伺候他們，而不是做自己想要做的事情？」可欣快要哭了，「而且，重點是，我當初訂FAMILY只是

想氣氣他們，後來，就算我和FAMILY相處得很好，我還是很理智地退掉他們……講到這裡我真的覺得自己很不人道，很看不起自己，長得跟我小孩一模一樣的機器人現在可能在坑道或塌陷的建築物裡救難，就算他們只是機器人，我也好怕，他們的記憶裡會不會覺得，母親是一種殘忍無情的動物？」可欣流下眼淚。

　「而我真正的家人呢？居然在我不在的時候訂了一個機器媽媽，還說我不在真好，說只要有做家事的功能就很像原來的我，這有天理嗎？二十一天可以養成一個習慣，我付出的何止二十一天？千千萬萬個二十一天！他們以為女人是白癡嗎？這樣的選擇不只是習慣！是一個下了決心的任務、是使命、是奉獻！我可以習慣日復一日的勞心勞力，但我沒辦法習慣沒有愛！」

　可欣已經開始語無倫次，所有累積的不滿一次爆發，「妳知道本來姐姐和弟弟都是運動高手，休閒時間總是在打籃球或游泳，後來呢？有了電動以後還當什麼籃球明星？他們現在動的只剩手指了！居然打電動打到手指脫

臼！以前我那愛跑愛跳，總是滿頭大汗、臉紅通通的孩子不見了，變成只會動手指，面無表情的白痴！皓雲，為什麼他們認為虛擬可以代替真實？人們都不在乎自己真實的感受，真實的感情了嗎？」

皓雲默默地遞上衛生紙，可欣繼續噴發：「我老公，沉迷所有電動！一下槍戰、一下打球、一下炮戰，他根本忘了我的存在！」

皓雲不敢問那個炮戰是什麼意思，但覺得可欣可以好好抒發情緒也是件好事。

可欣把鼻涕一次凶猛地擤出，發洩似地包成一大包衛生紙。「或者，我該跟他們一起玩？去雜交趴？」

皓雲嚇了一大跳，不知道該怎麼接話，頓了半晌，擠出一句：「嗯，或許……妳應該先從打籃球開始。」

可欣瞪了一眼皓雲，兩人同時大笑。

笑了好久，可欣抹去眼淚，那不知是傷心的，還是因為這句荒謬笑話而流下的淚。許久，可欣都沒再說一句

話。原本像是一個膨脹到極限的氣球，經過一陣亂飆之後，身體癱軟了下來。她趴在她最愛的那張大木頭桌上，手指在木紋間來回撫摸。

「皓雲，妳分得清真實和虛擬嗎？」

皓雲嘆了一口氣，「妳呢？妳分得清嗎？」

可欣好像被這句話刺激了，「我當然可以！」她氣鼓鼓地說。

「那麼，我沖兩杯咖啡，妳來分辨，哪一杯是真豆，哪一杯是化學調味？」可欣胸有成竹地接受挑戰，閉上眼睛：「妳開始吧。」

皓雲動作熟練地馬上沖了兩杯咖啡，一左一右，放在可欣面前。

可欣先拿起左手邊那杯，聞了一下，啜了一口：「啊，好棒，就是這杯。」

接著，她又拿起另一杯，先聞，再喝，她猶豫了一會兒，再喝第二口，「咦？怎麼可能？」

可欣反覆地喝著兩杯咖啡。終於，她拿起左邊那杯，

「這杯是真的。」

　　皓雲給她一個微笑，可欣拍起手來，「看吧！我就說我一定可以分辨。」

　　「我能知道為什麼嗎？」皓雲問。

　　「因為右邊這杯香氣太重，不自然，很化學，不像左邊這杯有自然的果香。」

　　「原來如此。」

　　可欣因為被暫時轉移了注意力，情緒放鬆了一點。

　　「那麼，妳接下來有什麼打算？」皓雲關心地看著她。

　　「我？回去上課啊，這趟回去，我不一樣了。我終於可以放下對家人的罪惡感，好好享受做學問的樂趣。」可欣想到這裡，總算有點安慰。

　　這些年的人生為家庭忙得團團轉，她想把自己一點一點找回來。

　　「然後呢？」皓雲好奇，「妳跟家人的關係，怎麼辦？」

可欣別過頭去，看向窗外：「我也不想管這麼多了，他們有人照顧，也都活得好好的，或許過去是我多慮了，沒有我，他們也很開心。」

時光雲裡沒有別人，兩個女人各自陷入了自己的沉思。

半晌，可欣突然問了一個問題：「有人對我好，妳說怎麼辦？」

皓雲不敢相信自己的耳朵，「哇！大小姐！妳真的跟以前不一樣了誒，嚇到我了！厲害厲害！佩服佩服！」

可欣並沒有任何害羞或喜悅之色，「皓雲，我喜歡和他聊文學，他說什麼我都喜歡，他……是我的羅密歐。」

「哇賽！你們進展得也太快了吧？羅密歐與茱麗葉？」皓雲越來越興奮，擦杯子的手越來越快。

「不是妳想的那樣。只是，我回來的前一晚，他站在我的陽臺下等我，看著我熄燈才離去。」

皓雲收起捉弄可欣的表情。

　　「我並不想和他有什麼進展，太複雜了。只是，原是天涯兩端的人，卻能因志趣相投成為知己，不是很美嗎？」可欣喝下最後一口咖啡：「像妳，總是陪著我度過許多難關，永遠傾聽陪伴，比我的家人還像家人。」

　　她伸出手擁抱皓雲，抱了好久，終於鬆開，「我要走了，謝謝妳和妳的咖啡。」皓雲的眼眶溼溼的，「不要胡思亂想，回到美國打給我。」

　　可欣擠出一絲微笑，揮手告別。

　　IAI辦公室裡的三個人，胡總、黃經理、Vera一起收到最後報告。

　　胡總先開口：「這個結果大家還滿意嗎？」

　　黃經理說：「跟我預測的差不多，二十一天的習慣和供需，無人能抵抗。有時候，機器人輸入AI後更像家人。不過，也有少數家庭因為FAMILY介入反而更珍惜對方，當然，也有部分對FAMILY產生排斥的家庭，這是我們下一步要討論的重點。」

　　胡總點點頭：「這只是第一次測試，結果我已經很滿意了。」他看向Vera：「妳也厲害，居然改成這樣的設定。」

　　「謝謝胡總。我總覺得，有些主婦需要完整的家，但有些主婦需要的是一個機會，去走出自己的人生，不見得要被綁在家裡，所以才讓F海寧去鼓勵可欣。」Vera不居功，「Lindy學姐也幫了很大的忙，她的切身之痛，轉變了FAMILY原本單純的勞務或陪伴功能，進而鼓勵主婦發展潛能。功利一點看，可以刺激女人的經濟力。甚至可以說，IAI未來提供的不只是低階的勞務替代，也進一步帶來家庭革命，改變母親的命運和地位，或許，將來就會有更多女人願意走入家庭，結婚生子。」

　　胡志揚揉了揉額頭，「不過，這會不會造成許多家庭破裂？」

　　Vera挑起眉頭：「家人互相苛薄對待，才是可怕的破裂吧？」

　　胡總算是同意地點點頭，三個人舉起桌上的水杯，一

起慶功。「恭喜，IAI又開創了新局。」

　　胡總喝了一口水，「把小黑從時光雲叫回來，她那兩杯到底哪一杯是真豆煮的咖啡？」

　　小黑從他們前方的螢幕現身：「胡總，你說呢？你今天要第幾號配方的化咖？」胡志揚突然懂了，「好妳個烏雲，妳一直都是泡假咖啡給我？馬上回來受死！」

　　小黑大笑下線。

　　「到底什麼是真？什麼是假？好像比較重要的是感受吧。」黃經理若有所思。

　　在機場，手握登機卡的可欣突然想起了什麼，她打了個電話給林太：「林太，我是可欣。」

　　對方有些驚訝：「妳還沒睡？美國現在幾點了？」

　　「我回來一下，處理一些事情。」

　　那一頭的林太聲音突然有些緊繃：「妳……回過家了？」可欣嗯了一聲，「是妳把F可欣給海寧的？」對方停了一下，「嗯……不好意思，沒跟妳說一聲……我只是

不希望妳擔心他們沒人照顧，所以……」

　　可欣深吸一口氣：「我不知道該謝謝妳還是懷疑妳。我總覺得，妳好像在照顧我，但也在……監視我。」

　　林太似乎苦笑了一聲，「可欣，隨妳怎麼說，但不可否認的，我必須了解妳，才能知道怎麼幫妳，對嗎？」

　　可欣想想她經歷的這一切，也不全然負面，更有一些快樂是她從未想過還能享有的，於是覺得自己好像有點不知感恩地羞愧了起來。

　　「當然，我也沒那麼偉大，說是為了妳，其實有一部分也是為了我自己。」接下來，林太全盤說出自己是IAI探子的身分，也說出了過去的經歷。「可欣，我不想看到那麼聰慧的妳被埋沒，又或者說，我也不想看到心細如絲的妳被像家具般對待……哎，那好像是看到當年的我。」可欣這才似乎理解到林太的另外一面，那個隱藏在一般家庭主婦面孔下，默默觀察著周遭的情報員，不動聲色地想改變世界，或者說，想改變其他家庭主婦的命運。

　　「我當然很謝謝妳，但是，妳自己為什麼不去完成夢

想？妳也捨不下家人嗎？」可欣想徹底解開心中的謎團。

「可欣，妳看過我先生嗎？」聽林太這麼一說，她才想起自己從來沒見過那位總是在外地工作的林先生。

「他早就失智了，我必須照顧他。但還好，這些年機器人已經分擔了我最繁重的工作，有人能幫我抱起他，幫他擦洗身上的大小便，我已經很知足了，這也是我很感謝IAI的原因。」

兩個人沉默了好一會兒，林太繼續說：「我不能丟下他……雖然我們早已沒有愛情，但是我很感謝他在我人生最苦最累的時候伸出援手，讓我弟弟學費有著落、讓我不用為生活打好幾份工、讓我能像正常人一樣能好好吃口飯、睡個覺。」

林太嘆了一口氣：「他把我從深淵救出來，我怎麼能不湧泉以報？」

可欣若有所思：「所以，家人還是有恩有義的，對嗎？」

林太說：「當然！但是妳還年輕，去讀個書也才一兩

年的事，而且妳並不虧欠妳的家人啊！最重要的是……妳
開心嗎？這些日子。」

　　「開心，非常開心，也非常感謝妳。但是，哎，我家
有好多問題啊……」可欣覺得自己暫時不想面對那些無解
的困境。

　　「一件一件來吧，家家有本難唸的經，但我覺得，家
裡的問題不能老是只把女人綁住，跪在家裡唸經！」

　　聽到林太這個比喻，可欣笑了。

　　林太鼓勵她：「妳先去完成妳自己。至於妳的家人，
也得讓他們自己想清楚。還有，總有一天，我也會趕上妳
的！史丹佛也是我的夢想喔！」

　　可欣笑了，「好奇怪，這比什麼都開心！」林太聽不
懂：「什麼意思？」

　　「我是說，女人一起聊天喝下午茶當然快樂，但這種
互相鼓勵，看著對方完成夢想的快樂，更是打從心底的喜
悅，像是一種同袍的革命情感吧。」

　　林太大表贊同：「對！主婦們是家庭戰場上的同袍！

我們在槍林彈雨中維持家庭，在彈盡援絕時互相扶持，不但要抵抗外患，還要對付內憂。」

可欣樂不可支：「對對對，妳是我的總司令！是妳把我解救出來的！」

兩人哈哈大笑，「不過，我只是出來補充彈藥，有一天還是會回到戰場的！」可欣這麼解釋自己的留學，終於感到釋懷。

登機廣播已在催促，可欣有點捨不得地說：「我要走了，再一次謝謝妳！」

林太讓她放心：「兩年一下就過了，妳加油。」

掛電話前，可欣突然想到：「對了，妳知道我的FAMILY在哪裡嗎？」

「他們很好，都在市政廳的圖書館裡服務。」

可欣放了一半的心：「那如果將來我回來……」

林太馬上接話：「妳會想跟他們一起生活嗎？」可欣猶豫了一下：「或許吧，能幫我保留這個機會嗎？」

林太：「沒問題，也許妳可以加入IAI？」可欣沒有

馬上接話，林太說：「考慮考慮吧，AI科技需要更多女性加入，才能更有同理心。」

可欣再次告別，轉身走向登機口。

她望著一架架起飛的航班，似乎看到了自己的未來，奔向那無垠的天空，孤獨卻自由。心裡浮現一句哲學家叔本華的句子：「人人都把自己視野的極限，當作世界的極限。」

她望著好大好大的天空，發現自己好久沒有這樣抬頭了，原來，天空這麼遼闊。

www.booklife.com.tw　　　　　　　　reader@mail.eurasian.com.tw

圓神文叢 264

# 二十一

作　　　者／陶晶瑩

發 行 人／簡志忠

出 版 者／圓神出版社有限公司

地　　　址／台北市南京東路四段50號6樓之1

電　　　話／（02）2579-6600・2579-8800・2570-3939

傳　　　真／（02）2579-0338・2577-3220・2570-3636

總 編 輯／陳秋月

主　　　編／吳靜怡

責任編輯／吳靜怡

校　　　對／陶晶瑩・吳靜怡・歐玟秀

美術編輯／林雅錚

行銷企畫／詹怡慧・朱智琳

印務統籌／劉鳳剛・高榮祥

監　　　印／高榮祥

排　　　版／杜易蓉

經 銷 商／叩應股份有限公司

郵撥帳號／18707239

法律顧問／圓神出版事業機構法律顧問　蕭雄淋律師

印　　　刷／祥峰印刷廠

2019年12月　初版

2019年12月　5刷

定價370元　　　　ISBN 978-986-133-704-3　　　版權所有・翻印必究

俊男美女的臉龐就算是虛擬的，那眼神裡透出的歡愉和渴望，卻是真真切切。身體直接的碰觸，甚至一個溼吻的試探都只是打招呼。在這裡的人們沒有道德禮教的束縛，每個人都知道彼此沒有底線、沒有界限、沒有包袱；誰不是來這裡解放，誰不是來這裡完成那些只有在暗夜裡才被潛意識偷偷釋出的綺夢？

—— 《二十一》

想擁有圓神、方智、先覺、究竟、如何、寂寞的閱讀魔力：

◨ 請至鄰近各大書店洽詢選購。

◨ 圓神書活網，24小時訂購服務
　　免費加入會員 · 享有優惠折扣：www.booklife.com.tw

◨ 郵政劃撥訂購：
　　服務專線：02-25798800 讀者服務部
　　郵撥帳號及戶名：18707239　叩應有限公司

國家圖書館出版品預行編目資料

二十一／陶晶瑩 著. -- 初版. -- 臺北市：圓神，2019.12
272 面；14.8×20.8公分（圓神文叢；264）

ISBN 978-986-133-704-3（平裝）

863.57　　　　　　　　　　　　　　108017249